Eliza Amaral Martini

Costurando o Tempo: Viver para Sonhar e Amar

ALL PRINT
EDITORA

Dados Internacionais de Catalogação na Publicação (CIP)
(Câmara Brasileira do Livro, SP, Brasil)

Martini, Eliza Amaral
Costurando o tempo : viver para sonhar e amar /
Eliza Amaral Martini. -- São Paulo : All Print
Editora, 2021.

ISBN 978-65-5822-042-8

1. Contos brasileiros 2. Poesia brasileira
I. Título.

CDD-B869.3
21-56847 -B869.1

Índices para catálogo sistemático:

1. Contos : Literatura brasileira B869.3
2. Poesia : Literatura brasileira B869.1

Cibele Maria Dias - Bibliotecária - CRB-8/9427

Projeto gráfico, editoração e impressão:

ALL PRINT
EDITORA
www.allprinteditora.com.br
info@allprinteditora.com.br
(11) 2478-3413

Sobre o tempo

Para VIVER um tempo é preciso sentir, no tempo, o que de bom ele tem.
Para SONHAR no tempo é preciso saber que limites o tempo não tem.
Para AMAR o tempo é preciso buscar, no tempo, o que de sublime ele tem.

Aqui está representado

Meu tempo de VIVER e AGRADECER.
Meu tempo de OBSERVAR e REGISTRAR.
Meu tempo de SONHAR e AMAR.

Eliza Amaral Martini

Sumário

Lembranças carinhosas de tempos familiares

Voando nas asas do meu tempo

A galinha do meu vizinho

A galinha do meu vizinho também "botava ovo amarelinho".

Ela "botava um, botava dois, botava três...", botava um ovo todo dia. O seu ovo tinha casca de consistência forte com tom rosado, mas a gema era amarelinha.

Diziam as galinhas fofoqueiras do quintal que Vaidosa, a galinha do meu vizinho, deveria tomar mais leite todo dia, para que seus ovos fossem branquinhos. Vaidosa nem ligava para esses comentários. Ela só dava uma bicadinha no leite fresquinho que Dona Zita deixava para mim, todas as manhãs, em um pires, na porta da cozinha.

Dona Zita, a mulher do vizinho, era quem dava ração bem cedinho para as galinhas. Como a conheci? Certo dia, eu estava cochilando ao sol, na porta do mercado, quando a vi chegar.

— Senhor Quincas, vim comprar a ração para minhas galinhas! Quero a mais fresquinha e saborosa. Elas são exigentes e não aceitam alimento fora da data de validade.

— Se há uma coisa com que me preocupo é não decepcionar meus fregueses. Quero que suas galinhas sejam as mais saudáveis da redondeza! — disse o Seu Quincas, com toda a atenção de um bom comerciante.

Uma vez por semana, lá vinha Dona Zita com seu carrinho de feira buscar aquela comida que ela pensava que as galinhas gostavam. Na verdade, quando ela chegava e espalhava a ração pelo terreiro, ouvia-se um berreiro:

— Éééééééééééécacacacacaca!!!

— Éééééééeécacacacacacaca!!!

Nenhuma galinha gostava do farelo amarelado e com pouco sabor. As galinhas comiam a ração para não desapontar Dona Zita e porque sabiam que era um complemento alimentar com alguns bons nutrientes. Como são onívoras, comiam de tudo, mas preferiam milho, verduras, insetos... e alguns grãozinhos de areia para facilitar a digestão.

Vaidosa, que sempre teve um paladar aguçado, dizia que adorava o farelo porque já vinha prontinho e porque deixava suas penas mais viçosas. Mas, após debicar um pouquinho, ela ciscava o chão do terreiro em busca de uma minhoca fresquinha, seu alimento verdadeiramente predileto.

Suas companheiras de quintal eram mais jovens e a imitam. Muitas vezes ela tinha que dividir uma minhoca em pedacinhos minúsculos para agradar todas, sem distinção.

Vaidosa nem sempre esteve por aqui. Conto a você como ela chegou. O senhor Artur, meu vizinho, algum tempo atrás, viajou para outra cidadezinha do interior e comprou uma tal galinha caipira, dessas que são nascidas e criadas soltas nos quintais ou nas roças. Ela veio de carro e com uma "peia" nos pés. A coitada passou duas horas e meia, aos solavancos, em uma caixa com alguns buracos, no banco de trás. Chegou ao galinheiro à noitinha e só viu sua nova morada no dia seguinte.

Para sua surpresa, até que ela gostou do lugar. Foi bem recebida pelos outros galináceos, embora os tenha achado um pouco estressados e confusos.

Senhor Artur tinha escolhido essa galinha a dedo, pois lhe disseram que ela pertencia a um clã de realeza. Com o passar do tempo, a tal galinha foi mostrando sua real faceta e, pelo seu porte inigualável, só recebia elogios do dono.

Certa manhã, ouvi esta conversa:

— Zita, observe a crista dela, não parece uma coroa real? Suas penas de um marrom-carmim brilham como um punhado de purpurina! E seu andar? Não parece que está desfilando?

— É mesmo! Que galinha imponente! Está sempre bem aprumada! Vejo que faz caminhadas pelo terreiro e procura manter um peso ideal para seu porte físico.

Por esses e outros motivos, a galinha caipira recebeu o nome de Vaidosa e bem que ela gostou dessa escolha.

A partir daí, Vaidosa é quem dava as ordens no galinheiro. Tinha dias que organizava uma fila por tamanho para subir no poleiro, na hora de dormir. Outras vezes passava o dia todo organizando os ninhos e, se encontrava algum piolho, avisava os franguinhos com severidade e deixava-os responsáveis por exterminá-los. Também estava sempre alerta quanto aos momentos do galo Garnisé cantar. Ele era muito distraído e vivia se atrapalhando com o horário de verão. Ela agia assim não porque tinha sido eleita ou por necessidade: é que ela sempre foi autoritária mesmo.

Num certo dia, a boa poedeira e elegante Vaidosa pôs vários ovos rosadinhos. Ela juntou-os em um ninho feito de palha de milho, gravetinhos que catou pelo quintal e restos de capim seco que o vento trouxe para ajudá-la. Ali, ela permaneceu esquentando-os e revirando-os, delicadamente, com seu bico, durante três semanas. Nesse tempo, mudou o seu perfil e tornou-se uma galinha choca. O galo Pedrês, que era apaixonado por ela, ficou feliz em saber que logo, logo seria papai e sua cantoria ficou mais afinada.

Dona Zita, seu marido e toda a vizinhança perceberam que algo diferente estava acontecendo no galinheiro. Até a cantoria do galo Carijó era contagiante e todos estavam acordando mais cedo.

Enquanto chocava, Vaidosa recebia os mimos de todos os galináceos. Sua maior preocupação era com seus futuros rebentos e não deixava o ninho nem para comer.

Pediu ajuda às franguinhas na escolha dos nomes dos bem-vindos. Depois de muitas sugestões, ela tinha resolvido chamá-los de "pintinhos" e numerá-los por ordem de nascimento. O que ela não esperava é que quase todos nascessem ao mesmo tempo. Foi um *crec*, *crec*, *crec*, *crec*, *crec* alucinante e Vaidosa nem teve tempo de identificá-los.

Assim, pelas circunstâncias, ficaram todos "pintinhos" mesmo. E o que a galinha não sabia é que a confusão apenas tinha começado. Quando ela chamava um deles...

— Pintiiiiiiinho! Venha cá!!!

... vinham todos de uma vez e Vaidosa se desdobrava em treze para atender a cada um individualmente.

Daí para frente, ela começou a mudar seus hábitos. Em vez de querer organizar tudo, começou a delegar poderes e dividir tarefas. Quase que sobrou um trabalhinho para mim também. Como eu sempre estive por perto e dando alguns palpites, Vaidosa por pouco não me incumbiu de pajear aqueles barulhentos.

O galo Carijó foi o que mais sentiu a mudança, pois coube a ele acordar e servir o desjejum à irrequieta ninhada. Para isso, era necessário encontrar minhoquinhas e insetos antes do seu primeiro canto. E ele começou a acordar mais cedo.

As franguinhas ficaram responsáveis pela organização dos ninhos e varredura do terreiro, logo após a primeira ração oferecida pela Dona Zita. Os grãozinhos deveriam ser dados aos pintinhos com a supervisão do galo Garnisé. Sendo ele bem pequeno, ficaria mais próximo dos pintinhos e os ajudaria com facilidade, caso algum viesse a engasgar.

E essa rotina do galinheiro continuou normalmente por alguns meses...

Os pintinhos já crescidos ficaram mais independentes. Os machos ensaiavam um canto desafinado, próprio dos franguinhos. As oito fêmeas já se preocupavam com a chegada dos ovos...

Dona Zita e o Senhor Artur, que sempre se preocupavam com a organização do galinheiro, resolveram ampliá-lo. Compraram novas galinhas e outros galos. Fizeram novos poleiros, comedouros e bebedouros. Porém, mesmo assim, o espaço ficou pequeno e tiveram que se mudar para bem longe daqui.

Eu bem que gostei porque, com a mudança, pude dormir até mais tarde. Só não gostei de ficar sem o leitinho que Dona Zita me servia todas as manhãs. Agora tenho que me contentar apenas com a ração que meu dono coloca em meu pratinho.

Noutro dia, ouvi ele dizendo:

Nós, os vizinhos, começamos a perder a hora de ir para o trabalho, pois já não ouvimos mais a cantoria dos galos Garnisé, Maltês e Carijó. Na nossa rua, só restou a saudade de um tempo em que essas aves eram o despertador ecologicamente perfeito...

Fiquei sabendo que o novo galinheiro do Senhor Artur recebeu o nome de Granja Vaidosa e está aberto para compras e visitações.

Quer conhecer a galinha Vaidosa? Ela continua lá, liderando todas as aves e já é ta-ta-ta-tataravó de muitos pintinhos.

Ah! Contei toda a história e quase esqueço de me apresentar a você. Sou o felino Cinzento, morador da casa nº 58, situada ao lado direito da ex-casa do Senhor Artur.

Na verdade, meu divertimento na época que viveram por aqui era observar os penados durante minhas rondas pelo muro do vizinho. Algumas vezes, enquanto perambulava, soltava miados assustadores e a plumagem deles se arrepiava toda. Por alguns segundos, não se ouvia nenhum barulho. Os bípedes ficavam imóveis e olhando todos para mim. Eu não me intimidava, mas... coitaaaaaados! Era um sustinho só! Miaaaaaauuu!

Agora, estou à procura de uma nova distração. Aceito sugestões. O que você me sugere?

Bem-te-vi

Bem que te vi
da minha janela, a voar...

Bem que te vi
da minha janela, a cantar...

Bem que te vi
da minha janela, a laborar...

Bem que te vi,
da minha janela a embalar...

Bem que te vi,
da minha janela a cuidar...

Bem que te vi,
da minha janela a soltar...

Bem que te vi, bem-te-vi,
que vives, também, para AMAR.

Pombinha branca

— *Pombinha branca, o que está fazendo?*
— Nesta cidade, sobrevivendo...

De manhãzinha, ao acordar,
saio do ninho e vou revoar.

Vou me lavar num chafariz,
E, se chega alguém, fujo num triz.

Chega a hora de me pentear,
e uns piolhinhos vou tirar.

Já estou pronta pra namorar,
falta um noivo pra eu casar.

Olho pra cá, olho pra lá
e numa janela vou pousar.

Passa um moço de terno cinza,
camisa branca, muito ranzinza.

Eu vejo um moço muito alinhado.
Queria que ele fosse meu namorado.
Acompanho-o em sua jornada
e logo vejo sua namorada.

Penso até em desistir,
mas continuo a insistir.
Vou casar com moço bem bonito
e viver com ele pelo infinito.

Pombinha cinza

— Pombinha cinza, o que está fazendo?

— Nesta cidade sobrevivendo... Durante o dia, sobrevoo a cidade à procura de alimentos, cada vez mais escassos. Nos finais das feiras-livres, é que consigo uma alimentação mais saudável. Há tanto desperdício que, com o resto das frutas, legumes e verduras, daria para alimentar muitos pombais. Tenho uma rotina frenética e me preocupo com o nosso destino. Nos momentos de fome, comemos qualquer coisa jogada no chão. Muitas vezes somos contaminadas com alimentos deteriorados. Pela própria natureza, somos grandes comilonas e defecamos muito. Nossas fezes, se contaminadas, causam sérias doenças nas pessoas, em nós mesmas e em outros animais. Por essas razões, deixamos de ser vistas como seres inofensivos e passamos a ser evitadas pela população. Fico muito triste com isso porque nascemos para conviver em harmonia com todos os seres da natureza. Fazemos revoadas, todas as manhãs, em vários bairros da cidade. Depois os grupos se dispersam para a busca de migalhas. O meu grupo escolheu o bairro Pacaembu. Tivemos sorte porque, nessa área, há muitas árvores, casarões com telhados perfeitos para nossas moradias e um farto resto de feira quatro dias na semana. Aprendi a me desviar dos carros no trânsito intenso da cidade. Agora, com a mudança nos horários e movimento dos caminhões fazendo entregas à noite, perdi meu sono, que já não era muito tranquilo, e estou exausta. Há dias em que cochilo em pleno voo. A cada dia que passa, vejo que meus descendentes estão diminuindo. Ao fazer a sesta, lotávamos um fio de luz inteiro, de poste a poste.

Atualmente não passamos de uma dezena. Vejo algumas pombinhas com machucados nas asas, nos pezinhos e outras que quase não enxergam. Vivo desviando das pedradas e de outros maus tratos. É preocupante!

— Vejo você no beiral do prédio mais alto. E num instante, já está no capô de um carro. Sobrevoa as copas das árvores... Mas por que se aninha em minha janela?

— Quero cumprimentar você todas as manhãs e junto com você torcer para que dias melhores aconteçam.

Tecendo um tempo florido

Azaleias

Meu canteiro de azaleias
é o mais florido do jardim.
Parece até que essas flores
desabrocharam só para mim.

Suas cores variadas
e em suaves tons *dégradé*,
formam um arco-íris rasteiro.
— Que espetáculo! — diz quem o vê.

Há também azaleias nas praças,
parques, ruas, sacadas, janelas...
E se destacam lindamente,
em fotos, *selfies* e aquarelas.

Nesse início de primavera,
a fria e chuvosa Pauliceia
transforma-se, inteiramente,
na florida capital da azaleia.

Primaveras em Sampa

Da rua, é a mais bela.
Do quarteirão, a mais admirada.
Do bairro, inconfundível.
Da cidade, inigualável.

Desabrochou nos dias quentes,
suportou os dias frios.
Deliciou-se com a garoa fina.
Sobressaiu-se no meio da neblina.

Enfrentou o trânsito intenso
e a sufocante poluição.
Conheceu o aquecimento global
e mostrou a força de um vegetal.

Seus galhos abraçam o muro
repletos de brácteas cor-de-laranja.
Folhas verdes, nenhuma abrange
esse imenso “bouquet orange”.

Agora, pressente o final do inverno
e a mudança da estação.
Em destaque, anuncia e espera
a chegada da Primavera.

Pitangueira

Nos galhos que alcanço,
só há pitangas miúdas.
E nos galhos inatingíveis,
as vermelhinhas e polpudas.

São tantas nos galhos fininhos
que chegam a tombá-los no chão.
Para colhê-las se requer destreza,
tocá-las suavemente, se não...

Apinham-se nos galhos as rolinhas.
Os sanhaços chegam cedinho, são os primeiros.
Escolhem as frutinhas, sem pressa,
E ali ficam saltitantes o dia inteiro.

São 6 horas (horário de verão).

O ventinho suave da manhã
embala as singelas folhinhas
e uma brisa quase acordada
borrifa gotículas nas tenras frutinhas.

Os sabiás com seus fortes gorjeios
avisam que estão chegando...
Pinçam frutinhas com o bico
e voam faceiros, saboreando-as.

No chão, um filhote, mostrando-se faminto,
abre o bico, bate as asinhas...
E ganha, com todo carinho,
um pedaço de pitanga bem docinha.

Surgem, também, em família, os bem-te-vis
e acordam os que ainda dormiam.
Pousam nos galhos mais altos
e avisam: "Estamos aqui!!! Bem te vi!"

São 8 horas (horário de verão).
E aí, é de arrasar!

Chega o bando de periquitos.
Vêm de longe, fazendo arruaça.
No céu, formam desenhos verde-amarelos,
como uma "esquadrilha sem fumaça".

Lotam os galhos da pitangueira
deixando-a ainda mais verdinha.
Bicam as frutas, fazem acrobacias, namoram,
dispersam-se e voltam em revoada, à tardinha.

E neste tempo de pitanga...
A pitangueira, o que seria?
Um spa, hotel cinco estrelas
ou, simplesmente, uma hospedaria?

Quaresmeiras

Seja na zona norte, sul, leste ou oeste...
Ah! Elas estão no auge do seu esplendor,
transbordando de flores roxas campestres.
Enfeitam ruas e parques com louvor.

Outras copas com flores cor-de-rosa...
Ah! Formam um buquê exuberante!
Quero envolvê-las com uma fita rosa
e presentear a mais adorável amante.

Nativas da Mata Atlântica e brejeiras...
Ah! Como podem ser assim tão lindas?
Há quem diga que essas árvores pioneiras
florescem na Quaresma e são bem-vindas.

Bem-vindas ao período de reflexão
que pratica grande parte da humanidade.
Bem-vindas a esse tempo de comoção
que enobrece a vida e prepara a eternidade.

Quaresma, mistério onipotente,
meditação, penitência e dor.
Purificação do corpo e da mente,
transformação, libertação e amor.

Tempo da cor púrpura nas flores.
Tempo de religiosidade e oração.
Tempo de viver superando as dores.
Tempo de crença, alegria e ressureição.

Ipê-roxo-bola

Sinal vermelho. Parada obrigatória. **Sessenta segundos**...

Vejo o ipê. Aparentemente imóvel. Elegantemente florido.

Manhã junina. Capital gelada. Trânsito intenso. Pessoas apressadas. Vento frio. Céu azul. Nuvens brancas.

Muita poluição. Buzinas insistentes. Gente descontente. Meninos vendedores. Menores assustados. Senhores compradores.

Motoristas afobados. Apitos estridentes. Guardas atentos. Mulheres imponentes. Mendigos descrentes. Homens engravatados.

Carros luxuosos. Transportes precários. Coletivos lotados. Peruas escolares. Crianças sorrindo.

Vidros embaçados. Ar condicionado. **Cinquenta segundos**...

Gotejam flores, delicadamente, para o transeunte coroar.

No chão, um tapete multicor para toda a cidade passar.

Alguém observa esse espetáculo? **Quarenta segundos**...

E se o vê, não se intimida? Que pena!

Essa gente distraída que não para pra observar o que a natureza nos presenteia, visando a nosso bem-estar. **Trinta segundos**...

Saudemos os lindos ipês que, nessa época do ano, anunciam o inverno com flores roxas. **Vinte segundos**...

Curvemo-nos diante de suas copas majestosas!

E, se não for muita ousadia... **Dez segundos**...

... quero um ipê só pra mim, no meio do meu jardim.

Venceu-se o tempo. **Um segundo**...

Sinal verde. Acelero. Sentido obrigatório.

Manacás da serra

Em ziguezague pela Mata Atlântica,
rentes ao asfalto a emoldurar,
os manacás floridos deslumbram
quem trafega pela Serra do Mar.

Em alguns galhos dos arbustos,
as flores cor-de-rosa predominam.
N'outros, há mais lilás do que branco;
nas copas, as três cores se destacam.

Adornam o caminho das praias:
Enseada, Riviera, Indaiá,
Itaguaré, Boraceia, Maresias,
Quaratuba, Una, Guaicá...

Vemos manacás, também, em Sampa.
Alguém os trouxe para cultivar.
Talvez os quisesse ver bem perto
enquanto distante da serra e do mar.

O Cravo e a Rosa

O cravo sorriu pra rosa
no canteiro de um jardim.
Ele estava apaixonado
pela rosa cor de carmim.

A rosa ficou vermelha
de tanta emoção.
Também sorriu pro cravo
e deu-lhe seu coração.

O cravo ficou contente
e um beijo ele lhe deu.
A rosa ficou zangada
e o cravo entristeceu.

A rosa pediu desculpas,
o cravo a desculpou.
E a rosa envaidecida
o cravo, então, beijou.

Um perfume inebriante
exalou pelo jardim.
E os dois enamorados
juraram amor sem fim.

Orquídeas Cattleyas

Ah! Minhas orquídeas!
Sois majestosamente belas.
Sois sutis, exóticas e singelas.
Sois um bálsamo para minha alma.

Sois um espetáculo que me acalma.
Sois um buquê perfumado
nas cores roxa e rosa mesclado.

Sois um presente da natureza
que Deus doou para mim.
Sois um encanto em destaque
entre os coqueiros do meu jardim.

Tabebuia alba

Na copa, joias cobiçadas
do mais puro ouro, reluzentes.
No chão, tapete de pétalas douradas
que adorna as ruas e as calçadas.

Imponente, seu amarelo brilhante
ofusca os vivos raios do Sol.
Em seus galhos exuberantes,
abriga seres itinerantes.

Bem-te-vis, borboletas multicores,
abelhas, joaninhas, sabiás...
Atraídos pela cor de suas flores,
divertem-se como turistas polinizadores.

Beija-flores insaciáveis
e com bicos certeiros
planam sobre as flores desejáveis
e retiram pólen e néctar inegáveis.

Ipê que nos alerta de sua raridade,
considerado árvore símbolo do Brasil,
curvo-me diante de sua majestade
e o elejo o mais lindo desta cidade.

Sem dúvida nenhuma é o mais belo.
Tabebuia alba é seu nome científico,
mas é conhecido simplesmente
como o inconfundível ipê amarelo.

O tempo de uma infância bem vivida

Algodão-doce

— Algodão-doce! Algodão-doce!
grita o homem no parquinho.
E a meninada enlouquece
ao redor do seu carrinho.

— Senhor doceiro, me faça agora
um floco de nuvem branquinho!
— Quero saborear, sem demora,
esse algodão tão quentinho!

E, na máquina engenhosa,
os fios de açúcar vão girando.
E de maneira habilidosa,
numa haste, vão se enrolando.

Floco macio e gostoso
espetado num palito,
seu sabor é delicioso
e melhor que pirulito.

Algodão-doce desejado
que lambuza minha mão,
me leva de volta ao passado
e alegra meu coração.

Algodão-doce! Algodão-doce!
Que me faz relembrar
de quando eu era criança
e vivia só pra brincar.

A pipa

A
pipa
que voa e
agita o coração
daquele alegre menino
é a mesma que ao vento saltita
nos frios ares da imensidão.
Pipa leve, colorida que
flutua e se prende
na fina linha
da sua mão.

Que

pensa

o Menino

que a

pipa solta e

que, no céu,

quase desaparece?

Serão os sonhos que voam alto?
Será a realidade de volta às suas mãos?

Canção de ninar

A mamãe saiu
e o papai também,
mas fique bonzinho
que eles logo vêm.

Brinque direitinho
e não vá chorar.
O tempo passa rápido.
Logo, logo irão chegar.

Ouça a historinha
que vou lhe contar.
Ela é divertida,
você vai gostar.

Durma bem tranquilo.
Duuuuurma, neném.
Feche os olhinhos
que o soninho vem.

Dengo, delengo, dengo

Dengo, delengo, dengo,
é de carrapicho.
Um grudou em minha roupa,
pensei que era um bicho.

Dengo, delengo, dengo,
é de carrapato.
Um grudou em minha perna
e outro em meu sapato.

Dengo, delengo, dengo,
é de carambola.
Comprei para Gabriela
uma boneca que rebola.

Dengo, delengo, dengo,
é de caravela.
Comprei para Juliana
uma boneca Cinderela.

Dengo, delengo, dengo,
é de carrilhão.
Comprei para Lucas
uma bola de capotão.

Dengo, delengo, dengo,
é de carreteiro.
Comprei para Rafael
uma luva de goleiro.

Dengo, delengo, dengo,
é de carrossel.
Ganhei dos meus netinhos
muitos beijos sabor de mel.

Encontros no CRB

Eles chegam de mansinho,
um a um com altivez.
Uns, carregando as mochilas;
outros, puxando-as de vez.

Passam pelos corredores
e descem as rampas com alegria.
Trazem consigo a certeza
de serem felizes mais um dia!

O encontro com os colegas
é uma festa diária,
com falas, risos e até discussões.
Efervescentes, vibram com as emoções.

Na hora de ir para a classe,
nas filas, concentração...
Sabem que o "prof" os espera
com muita dedicação.

Poluição nunca mais

O sapo na lagoa
estava a coaxar.
Jacaré parado ao Sol
queria se esquentar.

Veio a zebra beber água
e um susto ela levou:
uma cobra venenosa
por pouco não a picou.

Um macaco na aroeira
e uma borboleta na flor.
Tudo parecia tranquilo
até que a arara gritou:

— Venham todos ver o rio!
Olhem que desilusão!
Os lambaris estão morrendo
devido à poluição!

Um bem-te-vi muito esperto
logo um alerta deu:
— Vou avisar uma criança
Para proteger o que é seu.

A criançada na rua,
unida com os animais,
gritou para todos ouvirem:
— Poluição nunca mais!

Ciclos naturais do meu tempo

Janeiro aguado

Tim! Tim!

O ano de 2016 chegou muito caro e encharcado.

Graças a Deus que a água abundante encheu rios, represas, lagos, açudes... mas não encheu a Cantareira.

Ah! Cantareira difícil! O que fizeram ou o que não fizeram com você?

Enquanto tudo transborda, continua no volume morto?

Morto está, também, o povo paulistano com o alto preço da água tratada que chega até nossas casas.

Economizo conscientemente a H^2O desde os primeiros alertas. Continuo seguindo *ipsis litteris* o que se diz na cartilha de racionamento, mas, a cada conta que recebo da Sabesp, levo um susto! O preço está nas nuvens e não nos perdoa, indefesos consumidores.

Oh! Chuva boa e generosa! É o seu tempo de se precipitar nesta cidade encapada para não se molhar. Uma gota a mais vira caos nesse janeiro que apenas se iniciou. Devia ser bem-vinda e não amaldiçoada.

O drama das enchentes se repete nas regiões metropolitanas onde a água sagrada vira um suplício generalizado. Enche rios, casas; desliza morros, abre crateras; transborda, derruba pontes e faz vítimas incontáveis.

A cada ano, tudo igual...

Água sagrada, sacie-nos! Precisamos de você!

Lave-nos, abençoe-nos, purifique-nos, nos afague, mas, por favor, não nos afogue!

Que horror de calor!

Quero um banho de cachoeira,
mas, se não der, que seja de mangueira.

Quero dormir na geladeira,
Mas, se não der, que seja na jardineira.

Quero uma chuva bem fria,
mas, se não der, que seja uma garoa fina.

Quero urgentemente me refrescar,
mas, se não der, o negócio é rezar...

Meu Deus, cadê o vento?
Onde é que ele foi parar?

Meu Deus, cadê a chuva?
Ordene a ela me molhar!

Meu Deus, nos dê uma brisa!
Estou de joelhos a lhe implorar!

Ai, que seca!

— Cadê a água que estava aqui?
— O boi não a bebeu.
— E cadê o boi?
— O coitado, de sede, morreu.

— Cadê a água da minha torneira?
— Ninguém a viu, escafedeu-se.
— E cadê o ninguém?
— O esperto, com sede, escondeu-se.

— Cadê água do rio e da represa?
— O povo não a bebeu.
— E cadê o povo?
— Está deitado eternamente no jubileu.

— Cadê a água do nosso Sudeste?
— Eu não a vi, desapareceu.
— E como tê-la? Oh! Céus!
— Acorde! E preserve a Natureza. Entendeu?

Dia de chuva

Água fina, fria, fraca
que goteja devagar,
vem de leve, vem chegando
para a cidade inundar.

Cai das nuvens e, na terra,
vai buscando seu lugar.
Porém não há espaço suficiente
para essa água captar.

Desce morros e encostas,
leva tudo que encontrar.
E a imensa enxurrada
Começa, nas ruas, a transbordar.

É o caos que se anuncia
em pouco tempo de chuva,
e só se vê a tristeza
onde poderia reinar a alegria.

O homem escondeu a terra
numa camada de asfalto,
poluiu o leito dos rios
tentando pensar mais alto.

Viva a vã sabedoria!
Viva a era do consumo!
Viva o homem que destrói
sua própria moradia!

Ai, que frio!

Deste ar frio que entra pela minha janela
já faz alguns dias que tento me esquentar;
comprei até meias de lã e pijamas de flanela.

Escaldei meus pés com água quente,
usei gorro, luvas, cachecol, manta soft
e tomei gemada com leite fervente.

Este vento cortante e constante me arrepia,
queima minha pele e congela minhas mãos.
Arranca as folhas das árvores e ainda assobia.

Uma chuvinha fina esvoaça incessantemente.
Escorre pela vidraça numa dança em riscos,
tentando me agradar e me deixar contente.

Estou me sentindo um verdadeiro pinguim:
ando meio desengonçada, tentando me equilibrar
com uma bota pra neve que comprei para mim.

Disseram-me que este frio veio para ficar,
que só irá embora em setembro
e eu tenho que me acostumar.

Estou achando esquisito, nunca senti um frio assim...
Não sei se o tempo mudou de verdade
ou se é minha idade que está zombando de mim.

Frias férias de 2009

Oba! Fim de junho!
Início das férias escolares.
Crianças cheias de planos,
felizes de volta aos lares.

E então o que fazer
para o tempo passar?
Não queremos só ver TV.
Queremos brincar, passear, viajar...

Porém um baita improviso
resolveu nos atrapalhar.
Por causa da gripe suína (H1N1),
trancafiados tivemos que ficar.

Foi um tempo de surpresas,
muita chuva, garoa e frio.
O que ninguém esperava
era um mês só de arrepios.

Não vimos o céu estrelado,
a Lua esteve ausente.
E uma chuvinha interminável
esteve sempre presente.

Perguntamos: — Cadê o Sol?
Onde é que ele foi brilhar?
E o meteorologista nos informou:
— Está de férias. Foi passear.

É quase primavera!

Tempo seco. Estonteante.
Há um mar de folhas secas
caindo por toda parte
como uma chuva crocante.

Majestosos ipês amarelos brilham
e encantam os dias ensolarados.
Essa seca que nos prejudica
a eles dá vida e os abraça.

Mas, hoje, ela foi generosa.
Lavou nossa metrópole desidratada.
O ar bem mais limpo ficou
com essa chuva tão esperada!

Anuncia-se o final do inverno
e o início da época das flores.
— Seja bem-vinda, Primavera!
E vê se alegra essa galera!

Primavera exagerada

Horário de verão...

Dias longos, infindáveis...
Tempo seco e com poluição.

Ora, no céu, muitas nuvens,
aqui embaixo pouco Sol.

Tempo constantemente irregular:
madrugadas e manhãs frias.

Meio-dia, temperaturas altas.
Tarde e noite, outra vez, muito frio...

Estou me sentindo enrugada,
ressecada, enjoada, maltratada...

Fui buscar uma prainha...
Talvez Sol e calor estivessem por lá.

Ilusão. Finais de semana: chuva.
Feriados: mais frio e chuva.

E aí, prima Vera?
Quando esse tempo vai mudar?

Estou branquiiiiinha!!!
Quero me bronzear!!!

Vila Romana floresce

Nossas ruas estão mais belas
com tapetes de pétalas salpicadas.
São os ipês que nos saúdam
com flores roxas e singelas.

Fiquei admirada ao descobrir
quatro casas de joão-de-barro,
arquitetadas em dois galhos
de um ipê roxo que acaba de florir.

Que destreza na construção!
Que escolha magnífica!
E o casal de arquitetos
deixa a moradia em exposição.

Sutilmente, nas ruas, despontam
graciosos manacás da serra,
com flores brancas, rosa e lilás,
num buquê que nos encanta.

Pousam, nos arbustos, as rolinhas.
Voam, em bando, os periquitos.
Ouve-se o cantar dos sabiás, bem-te-vis
e o arrulhar das atrevidas pombinhas.

Primaveras em cachos multicores
enfeitam praças, muros e jardins.
Azaleias, patas de vaca e orquídeas
destacam-se pelas deslumbrantes flores.

Nesse inverno, peço ao clima friozinho
que reveze com o calor do Sol
e permita que a charmosa Vila Romana
seja aquecida com muito carinho.

Madrugada

O Sol ainda dormia
e a Lua já bocejava.
Restava uma estrela no céu
que, com sono, pouco brilhava.

Uma relva refrescante
as plantas, suavemente, banhava.
E, como numa ciranda brincante,
elas se espreguiçavam.

No campo, um vento afobado,
querendo todos acordar,
sibilou a um galo afinado:
— Já é hora de cantar!!!

— Có, có, ri, cóóó!!! — avisou o galo.
E não ficou ninguém nos poleiros.
Até mesmo as minhocas
saltitaram nos canteiros.

Animais de toda espécie
despertaram em alvoroço.
Uns querendo mamar,
outros procurando um almoço.

Na cidade, ouve-se a algazarra
dos sabiás, bem-te-vis, rolinhas,
sanhaços, anus, azulões,
pássaros-pretos, pombinhas...

É o despertar da alegria
que a natureza irradia
e quer ao homem doar
quando ele acordar.

Final de semana

Quero um Sol bem quente
para me bronzear.

Um mar bem calmo
para eu mergulhar.

Uma sombra bem grande
para eu relaxar.

Uma água bem gelada
para me saciar.

Uma chuva bem fina
para me refrescar.

Um sábado bem festivo
para me agradar.

Um domingo bem longo
para a segunda-feira tardar.

Fim de ano

Despedidas, congratulações,
reverências, felicitações.

Retrospectivas, encerramentos,
expectativas, deslumbramentos.

Lembranças, reminiscências,
sonhos, prudências.

Término de uma época,
início de uma nova era.

O velho e o novo se entrelaçam
na sequência lógica do tempo.

O que foi bom virou encanto.
O que foi ruim gerou esquecimento.

F E L I Z A N O N O V O!!!!

Em tempos

de

amizade e solidariedade

Amigas inseparáveis

Vocês pensaram que eu não vinha? Nem poderiam imaginar minha presença, não é? Eu não poderia faltar, visto que estive com vocês o ano todo; e fora desta festa... eu hein?! Nem pensar!

Quero, em primeiro lugar, me apresentar, caso tenha, neste recinto, alguém que de mim não consiga se lembrar: sou eu, a **Broinha de Fubá**! Aquela que fica numa bandeja, enfileirada, toda arrumadinha e dentro de uma caixinha tampada!

Quero aproveitar este dia de confraternização para falar um pouquinho a vocês.

Ao meu lado, sempre tem um café fervilhante que vem numa garrafa invicta e imponente. Ah! Eu tenho receio de que ele, por descuido, acabe me escaldando! Os copinhos de café e os guardanapos também ficam apreensivos e brancos de susto quando o café é servido.

Já ouvi bons comentários sobre o meu jeito de ser, mas já ouvi, também, alguém dizer:

Ih! Lá vem a broinha outra vez!

Num outro dia me surpreendi. Puseram-me em uma bandeja junto com umas bolachinhas. Fiquei com uma raiva danada! Juro que vi uma delas olhar para mim e sorrir. Fingi que não a vi. Voltei para a cozinha chateada e não quis conversar com ninguém. Fiquei só pensando: "Terá algo novo na terça-feira que vem?" É! Senti que as coisas mudaram... Algumas vezes, trocaram-me por um prato de biscoitinhos de polvilho e, quando isso acontecia, ficava de novo enciumada.

Certo dia, eu estava lá na sala de vocês, voluntárias, espiando o burburinho de sempre, quando ouvi um delicioso comentário:

Hum! Adoramos café com broinhas de fubá!

Acho que ficaram com saudades de mim! E percebi que sou bem-amada. Agora que já falei bastante, tenho algo para afirmar:

É assim... toda terça-feira...
Sempre divertida a reunião,
Com muita conversa e risada.
Tristeza aqui não tem não.

Amizades

Vale a pena ter amigos
e cultivar as amizades.

Ser amigo de alguém
é viver sem vaidade.

Não há o melhor amigo
se não há cumplicidade.

E a amizade só termina
quando acaba a lealdade.

Para ser um bom amigo,
precisa crer na verdade.

Quem vive sem amigos
nega a sua realidade.

Quero estar com os amigos
até na eternidade...

Boa tarde, amigas!

Assim me refiro porque acompanho vocês há algum tempo e já me sinto componente desse grupo. Para apresentar-me, preciso contar um pouquinho da minha história para vocês.

O termo "MORINGA" é de origem indígena. A palavra utilizada em português era "bilha": um tipo de jarro para água que os colonizadores utilizavam. Também os índios faziam seus jarros e potes para guardar água. Os negros que aqui chegaram também sabiam modelar o barro para fazer moringas.

Então, sou a MORINGA, conhecida também como pote, bilha, quartilha, quartinha, talha... Não me importa de onde vim, me sinto bem por saber ONDE ESTOU!

Sou quieta, mas observadora.

Sou útil, mas frágil.

Sou muito simples, mas guardo o mais precioso líquido que sustenta a vida na natureza.

Espero ansiosa a terça-feira chegar. Logo cedo me abastecem com a importante H_2O; sem ela, também eu não existiria. Sei que, nesse dia, a turma animada logo chegará e me alegrará também.

Praticamente toda semana, fico lado a lado com um bolo, ora em uma embalagem transparente, ora numa caixa bem fechadinha. Às vezes, fico transpirando de vontade de saborear aquela gostosura cheirosa...

Acompanho, atentamente, a chegada da bandeja com o café, das bolachinhas e das discretas broinhas de fubá.

Uma garrafa de chá também fica ao meu lado, exalando um cheirinho de erva- doce e camomila.

Enquanto observo minhas companheiras de mesa, percebo que algumas voluntárias já estão acomodadas em seus lugares e outras, uma a uma, vão chegando...

A cada dia, trazem novidades para fazer e histórias para contar. E como tem assuntos essa mulherada!

Noutro dia, ouvi uma conversa estranha sobre filtros de água. Preocupei-me com o meu destino, mas pensei: se eu passei por centenas de anos, acho que continuarei por aqui mesmo, servindo esta água tão fresquinha!

Estou curiosa para conhecer um outro elemento do grupo que sempre aparece nas conversas: um tal de WhatsApp. Seria ele tão antigo quanto eu? De geração em geração, ouvi muitas conversas, mas esse aparelhinho que fala, para mim, é uma grande novidade. Gostaria de ser amiga dele também!

Durante o ano, fui conhecendo e aprendendo muitas coisas com essas mulheres encantadoras. Apelidei-as de FADAS porque "tudo o que elas tocam, vira ouro" (aspas e sem exagero). É muita criatividade, bom gosto e trabalho incansável.

Começo a identificá-las. A FADA GENEROSA é a fada do canto, da música e do grande coração. Anima as confraternizações com músicas, acompanhadas com seu violão. Dedicou-se aos bicos de crochê, aperfeiçoando-os a cada dia. Fez, com capricho, várias toalhinhas de Natal.

Outra é a FADA PRÁTICA. Ela é experiente e tem muitos conhecimentos. Sempre teve algo interessante para enriquecer as conversas durante as reuniões. Confeccionou uma aconchegante e linda manta com quadradinhos de lã.

Há uma dupla quase inseparável: a FADA PROFESSORA de bordados que também faz florezinhas de crochê, aventais e sacolas... E sua aprendiz, a FADA ANGELICAL. Fiquei sabendo que a dedicada professora já está fazendo pós- graduação em bordados. Sua aprendiz é muito exigente na arte de bordar e já fez lindos bordados! Harmoniosa, acho que a ANGELICAL vive no mundo das margaridas...

Observei a FADA SINGELA, cuja especialidade são os bicos de crochê brancos. Foram dezenas de panos de prato feitos com lindos biquinhos e escolhidos a dedo pela simplicidade e praticidade.

Destaco a FADA ORGANIZADA, mestra no ponto cruz. Quanta delicadeza e suavidade em cada ponto! Fez bordados em toalhas para lavabo, toalhas de mesa, porta-formas... todos causando admiração. Está sempre atenta à organização geral do grupo. Vejo-a controlando compras, gastos e as importantes doações.

Apresento agora a FADA MINUCIOSA. Ela é uma exímia bordadeira, fez lindas tolhas de rosto e enfeites de porta. Também sabe tricotar e fez vários cachecóis de lã. Ela analisa preços, faz estimativas e ajuda no controle das finanças. É detalhista e, se vê, em um bordado ou em um crochê, um ponto errado, diz sem titubear:

"Ah! Tá errado!! Pode desmanchar!!". E a gente desmancha, uai!!!

Sobressaindo-se no grupo, há a prestativa FADA DDD: divertida, dinâmica e descontraída. Realizou vários trabalhos com crochê, tecidos, costuras e surpreendeu sempre com sua criatividade. Descobri que ela é uma artesã talentosa na arte da confeitaria. Ah!!! Então aqueles bolos e doces foram feitos por ela!...

Agora é a vez da FADA DELICADA. Participa das reuniões sempre de boa e seu semblante nos transmite tranquilidade. É, também, uma excelente bordadeira. Recebeu elogios nos bordados feitos em toalhinhas de lavabo e outras produções. Há uma escolha marcante nela: nos cafés, só toma chá.

Conheci a FADA HABILIDOSA durante este ano. Ela sabe costurar e fazer bicos de crochê muito bem! Ela é rapidinha para falar, para dar opiniões e quer sempre estar ocupada com algo para fazer. Independente, gosta de caminhar e fazer tudo sozinha, até parece uma borboleta. Sua especialidade é enviar mensagens de áudio para o grupo, em várias modalidades: cochicho, sussurro e enigmas. Ah!! não sei se já ganhou na Mega Sena, mas parece que seus palpites nos jogos da loteria são certeiros!!!

Conheci, também neste ano, a FADA GENTIL. Está sempre cheia de afazeres e, por isso, a vi poucas vezes. Porém ajudou muito o grupo das voluntárias com excelentes doações. Os kits de banho que ela fez foram um sucesso.

Ah! Não posso me esquecer da FADA SURPRESA. Ouvi-a dizer que aprendeu a fazer crochê com sua avó Eliza. Sei, também, que ela gosta muito de "crochezar" e de costurar. Percebo que ela é falante e sempre arruma um motivo para contar um causo.

Bem, vou encerrando minha fala por aqui, antes que a FADA SURPRESA comece a registrar tudo...

Queridas amigas,

Foi muito bom conviver este ano com vocês e poder homenageá-las carinhosamente.

Desejo a todas um Feliz Natal e um Ano Novo de muitas realizações! Até 2020...e neste mesmo lugar.

A amiguinha MORINGA DE BARRO

Cadê o molho de chaves?

Foi um dia de muito vai pra lá, vem pra cá...

As voluntárias, no seu burburinho corriqueiro, saíam da sala de reunião com dezenas de toalhas de rosto bordadas, panos de pratos, toalhas de Natal com bicos de crochê, pegadores de panelas, porta--guardanapos e muitas outras novidades. Em pouco tempo, no salão de exposição, tudo ficou lindo e muito bem organizado.

O delicioso cafezinho da tarde chegava ao final e as voluntárias combinaram os últimos detalhes para o início do bazar, no dia seguinte. Despediram-se com a certeza de que tudo estava adequado.

Algum tempo depois, o detetive ZAP-ZAP foi acionado para desvendar o sumiço do molho de chaves do salão. E a procura iniciou-se sem perda de tempo.

Teria a Alice levado as chaves para Peruíbe? Com olhos de lince, o detetive vasculhou uma floresta de hibiscos que circundava sua casa, mas tudo em vão. Ela não estava lá e nem as chaves. Descobriu--se que ela estava em seu apartamento e, numa boa, afirmou não ter visto o molho. Por coincidência, ela estava fazendo um molho, mas de tomates.

ZAP-ZAP, imediatamente, tentou comunicar-se com a Sônia, mas nada conseguiu. Disseram-lhe que ela estava num jantar à luz de velas e que seria impossível interrogá-la naquele momento.

O tempo ia passando e ZAP-ZAP, preocupado, chegou ao apartamento da Arlete. Ela tinha viajado. Estariam a chaves em sua bagagem? Como descobrir se ela nem atendia ao celular?

Quem sabe a Chinha poderia ajudar? E ZAP-ZAP encontrou-a em sua casa, crochetando seus quadradinhos de lã. Estava tão compenetrada que, ao ouvir a indagação sobre as chaves, disse-lhe apenas um suave "Não vi!".

Sem perder tempo, partiu para outra procura. Desta vez, pediu ajuda à Maria Inês. Que, com caneta e papel nas mãos, quis saber e registrar a pergunta formulada. Após analisar e pensar nos mínimos detalhes, afirmou, categoricamente:

— Não vi essas chaves! Melhor informar-se com a Eliza.

ZAP-ZAP sentiu firmeza e partiu como um raio para a casa da Eliza. Encontrou-a toda atarefada, no preparo do jantar para os netos. Feita a pergunta, obteve uma resposta quase definida:

— Acho que a Sônia guardou esse molho.

Neste instante, ouviram um bater de asas e o detetive assustou-se. Eram as cinco corujinhas que se ajeitavam nos galhos bordados da sacola que estava num cantinho da cozinha. Lindo? Estranho?

O jeito foi partir para a casa da Cristiane. Ao vê-la, entretanto, demorou um pouco para interrogá-la e quase se esqueceu do seu compromisso. Inebriado com o cheiro de um bolo que acabava de sair do forno... Ali ficou por uns instantes, imóvel...

E eis que saiu a pergunta:

— Você viu as chaves do salão?

E mais um não foi dito na categoria.

— Você já consultou a Cida?

Mesmo com vontade de saborear aquele bolo, ZAP-ZAP continuou sua saga e partiu para o apartamento da Cida. Ela demorou muito para atender porque estava fuxicando. Eram tantos fuxicos, de várias cores, de vários tecidos e de vários tamanhos, que ela até recebeu um elogio:

— Parabéns pelos fuxicos!

Num dado momento, o detetive pensou ter visto o molho de chaves na sacola de mil e uma utilidades que estava ali perto da cesta de fuxicos. Porém as chaves também não estavam lá. Ela sugeriu que procurasse a Angélica. Talvez ela tivesse alguma informação.

O tempo ia se esgotando...

Ao chegar à casa da Angélica, ficou maravilhado ao ver tantas margaridas. Teve vontade de colher um buquê, mas mudou de ideia devido a seu comentário e olhar certeiro:

— Cuidado com as MINHAS margaridas!!! O que o senhor faz aqui? Não o conheço!!!

ZAP-ZAP apresentou-se gentilmente e interrogou-a. Percebeu que ela estava convicta de que o molho de chaves não tinha saído do salão e que apenas Sônia poderia ajudá-lo.

Enquanto a procura das chaves acontecia, Joana, com sua delicadeza, tomava um chá espanhol numa linda xícara de porcelana espanhola. Ela nem imaginava o que estava ocorrendo. Ainda bem que o detetive não a procurou, pois ela não havia comparecido à reunião naquele dia e seria mais um "não sei" que ele ouviria.

Com o tempo esgotado e no corre-corre, ele finalmente encontrou a Sônia:

— Cadê o molho de chaves? As voluntárias estão preocupadas! Como abrir o salão amanhã para o bazar?

Com extrema tranquilidade, ela afirmou:

— Está na Caixa de Madeira, morada exclusiva da Tesoura Milenar. Porém ele lembrou-se da história “A caixa de Pandora” e murmurou:

— Como abrirei essa caixa? Estará aí mais um mistério dos deuses do Olimpo? O que direi à Tesoura? Um “*Com licença, poderia me entregar este molho de chaves*?” E ela diria: “*Não! Estas chaves só sairão daqui amanhã!*”.

E o detetive, sorrindo, divertiu-se com sua imaginação. Em seguida, exclamou para Sônia:

— Ufa! Estou aliviado!

Após a descoberta, ZAP-ZAP buscou o WhatsApp. Clicou no Anjo da Guarda e digitou:

Tudo solucionado, molho de chaves encontrado. Sucesso no BAZAR!

Voluntárias

A cada ponto, uma história.
A cada história, um trabalho pronto.

A cada encontro, uma ideia nova.
A cada nova ideia, um encanto.

A cada olhar, um dizer aberto.
A cada palavra, um acolhimento certo.

Mãos seguras, maduras, persistentes.
Mentes livres, sadias e envolventes.

Agulhas, linhas, cores e traços.
Mulheres, tecidos, mimos e abraços.

Gestos simples e intensa dedicação.
Vê-se a alegria em cada doação.

Em tempos de reflexões

Historiando

Paulistana mineira ou mineira paulistana? Como vou me identificar? Ah! Não importa minha opção. O que eu sei é que vou contar minhas vivências.

Quando eu era ainda criança, lá na minha querida Muzambinho, lembro-me de ter sido muito feliz e tratada com muito carinho. Primeira neta da família Pioli, tive Vovó Eliza e Vovô Dante como padrinhos. Vovó era talentosa na arte do crochê. Vovô, um grande apreciador de massas, queijos e vinhos.

Eram muitos os primos na casa dos Amaral. Lá no quintal, vivíamos atrás de jabuticaba, araçá, laranja...

Vovó Maria era carinhosamente chamada por nós de Lilila. Vovô Eduardo era conhecedor e comprador de café.

Mamãe Maria Pioli, habilidosa costureira, era famosa pelos casacos, blusas e vestidos que sabia fazer. Papai Itaci era dedicado e amoroso... Parece que ainda o ouço dizer: "Saudades de você, filha!" Papai trabalhava no Fórum da cidade e muito se orgulhava disso. Foi um oficial de justiça honrado, que enfrentou desafios com responsabilidade.

Sou a mais velha dos cinco irmãos. Neuza é minha irmã quase gêmea. Quando ela nasceu, eu só tinha um aninho e três dias... de um reinado passageiro. Éramos duas bonequinhas mimadas pela tia Diva, nossa infalível guardiã. Ela adorava nos presentear com guloseimas, bonecas, brinquedos, sapatos e muito mais. Mamãe vestia-nos com trajes iguaizinhos para que desfilássemos aos domingos. E assim íamos à casa da Vovó Liza faceiramente. Hum... uma macarronada à italiana nos esperava!

Alguns anos depois, chegou Antônio Eduardo (o Amaral), nosso primeiro irmão. Papai e mamãe queriam um menino e ele chegou para alegrar a família. Logo que cresceu, nos ensinou a jogar bolinha de gude, jogar taco, andar de carrinho de rolimã e bater figurinhas. Nessa época, eu vivia com os joelhos ralados.

Nossa vida era brincar o dia inteiro. Tínhamos muitos amigos na vizinhança. De vez em quando, ouvíamos um chamado... E corríamos para casa: era hora de comer.

O almoço, o café da tarde e o jantar eram servidos na hora certa, sem atrasos. Caso houvesse alguma reclamação, algum "não quero!", poderíamos ficar sem brincar. Então... ninguém reclamava.

Um tempo depois, nasceu Ana Maria, linda! Parecia uma boneca e nós ficávamos a admirá-la. Cabelos cacheados e olhos verdes... muitas vezes a fiz dormir em meu colo.

E o tempo da adolescência chegou... Muitas vivências diferentes, novas amizades, outras residências, novos interesses, muitos professores, muitos estudos... Meu interesse pela música esteve sempre presente. Cantei muito em casa e com os amigos. Sabia de cor inúmeras letras e até incomodava... Neuza dizia:

— Chega, Liza! Já cantou demaaaais!

Gostava de ler e decorar poesias. Lia muitos autores e sempre me encantava. Nas comemorações cívicas, ora cantava, ora declamava... Uma vez, declamando um poema, homenageei a mamãe.

Eu e a Neuza éramos aprendizes de dança. Papai gostava de dançar e nos incentivava. Que saudades das brincadeiras dançantes! E dos lindos bailes nos clubes da cidade!

Num almoço de domingo, tivemos uma surpresa. Mamãe contou-nos que estava grávida. E alguns meses depois, nasceu um menino. Nosso irmãozinho era a cara do papai! Sugerimos para mamãe uma lista de nomes e ela fez a escolha também com o papai:

— O nome do neném será João Batista, pois nasceu na véspera de São João! Nós concordamos!!

E o TEMPO passou num piscar de olhos... Cada um de nós seguiu seu destino. João Batista e eu fomos morar em outras cidades. Neuza, Ana Maria e Amaral optaram por ficar em Muzambinho.

Nossa família cresceu e se multiplicou... Vovós, vovôs, netos, netas, tios, tias, primos, primas... Fervilham entre nós a atenção e o carinho... Ah! Como é bom encontrarmos todos em MUZAMBINHO!

Cinco irmãos, cinco afetos, cinco amigos, no tempo da infância, adolescência e maturidade sempre unidos, alegres e perseverantes, com eternas lembranças da mamãe e do papai.

Muitas saudades... da MINEIRA de lá!

Imensa gratidão...da PAULISTANA de cá!

Minha terra natal

Ao estar em minha querida cidade,
o tempo me acompanha e passa
sem pressa, com tranquilidade,
sem data e totalmente de graça.

O dia não tem horas, só o agora.
A noite é infinita até o amanhecer.
A energia deste Sol me revigora.
E esta Lua me encanta, ao anoitecer.

O ontem e o hoje se entrelaçam
nas vivências longínquas e atuais.
Lembranças e sentimentos se abraçam
para não serem esquecidos jamais!

Rever amigos e familiares queridos,
mesmo que seja por alguns instantes,
é recordar os fortes elos vividos
e trazê-los ao presente, tão marcantes!

Sentir o ar na pele, suavemente,
captar a luz que me ilumina
é para mim algo tão surpreendente
que me faz sentir sempre menina.

Se daqui estou ausente
por morar em outra cidade,
faço do meu ser muzambinhense
o alicerce da minha identidade.

Aposentar

Ah! E agora, o que fazer????
APOSENTAAAAAAAAARRRRR...

Após...SENTAR?????

Sentar? Ah! Sentar e deitar...
Deitar? Ah! Só se for pra sonhar...
Sonhar? Ah! Sonhar e comer...
Comer? Ah! Comer e amar...
Amar? Ah! Amar muuuuuito e passear...
Passear? Ah! Sem pressa de voltar e comprar...
Comprar? Ah! Não! Devo economizar pra poder viajar...
Viajar? Ah! O tempo todo... Sem correr...
Correr? Ah! Pra quê? Não tenho mais horários a cumprir... Devo parar...
Parar? Ah! Nem pensar... E o que fazer? Chorar?
Chorar? Ah! Não. Só devo sorrir...
Sorrir? Ah! Sempre. Pra desopilar...
Desopilar? Ah! O quê? Pra quê?

Que dúvida cruel!!!
Aonde é que vou chegaaaar?

Quero um trabalho novo,
pra rotina árdua recomeçar...

Mas... SERÁÁÁÁÁÁ???

Ulá, lá, lá!!

Mudanças

Estava tudo tão certinho! O tempo ia e vinha sem pedir licença, sem mandar recados, sem perturbação alguma; nem percebia que eu vivia uma rotina prazerosa, mas não duradoura...

Para testar minha capacidade de sobrevivência, os acontecimentos diários tomaram outros rumos. Aquilo que chamei de rotina passou a ser uma esquadra de imprevistos.

Comecei, então, a sentir na pele o valor incondicional do "amanhã a Deus pertence"... Expressão tão citada por minha mãe na rotina da nossa família.

Não que eu duvidasse das possibilidades de enfrentar o novo ou aceitar as reviravoltas que o mundo dá. O que eu não esperava era não ter em mãos o controle da minha própria nau.

Por inúmeros momentos, senti-me à deriva, à procura de um porto seguro onde eu pudesse ancorar minhas preocupações. Em estilhaços, mal resolvia um desafio e já percebia outro com o olhar fixo em minha direção.

Busquei aliviar minhas angústias com tudo o que tinha de mais intrínseco em meu ser. Ouvi atentamente os conselhos do meu coração, da minha consciência e do meu subconsciente... Tudo em vão...

A realidade nula e crua chegou de mala e cuia e se instalou no meu espaço. Apaguei, como se tivesse desligado um plugue. Perdi o chão, o teto, o ar... Perdi minha identidade...

Foram árduos meses de insegurança, de indecisão e de busca infinita de forças e de fé.

Foram tantas as surpresas... Nem percebi que havia encontrado, no meio delas, novos caminhos, novas pessoas, novas ideias, novas experiências, novas alegrias e novas maneiras de ver as próprias mudanças...

Hoje, ao olhar-me no espelho, não vi só a minha imagem. Vi, sim, a sorrirem, os traços típicos da minha maturidade.

À Dona Maria Pioli, minha mãe.

Mas

Viver por alguns instantes um verdadeiro caos,
mas ser capaz de enxergar uma luz no fim do túnel.

Ter uma vontade imensa de chorar,
mas sorrir e acreditar na esperança.

Sentir o peso de uma dura realidade,
mas esperar a leveza de uma solução.

Correr para buscar um caminho,
mas encontrar o norte por acaso.

Desacreditar da possibilidade de êxito,
mas surpreender-se com a conquista da vitória.

Meu tempo

ANTES
Não tive tempo para ver.
Não tive tempo para ler.
Não tive tempo para saber.
Não tive tempo para aprender.
Não tive tempo para ouvir.
Não tive tempo para discutir.
Não tive tempo para sorrir.
Não tive tempo para sentir.

AGORA
Tenho tempo para pensar.
Tenho tempo para falar.
Tenho tempo para chorar.
Tenho tempo para alegrar.
Tenho tempo para cantar.
Tenho tempo para me comunicar.
Tenho tempo para animar.
Tenho tempo para amar.

DEPOIS
Terá o tempo mais sabor?
Terá o tempo mais frescor?
Terá o tempo só amor?
Ou será que só a dor?

PORÉM
Se meu tempo permitir
e parar para me ouvir,
na sua frente quero estar,
para ver o tempo passar...

Embates

Sentir o Sol arder na pele
e declarar algo que a ninguém revela...

Molhar o corpo na chuva fina
e sentir prazer em tudo o que combina...

Andar no meio de uma multidão
e acreditar em todos sem exceção...

Correr, chegar bem perto, ser o primeiro
e viver sem pressa o tempo inteiro...

Olhar o horizonte através de pequenos vãos
e abraçar o mundo com as próprias mãos.

Reconciliação

É o momento da última esperança,
que se aspira no íntimo do ser.
É a dor mais temida e mansa,
que se vê, com fervor, acontecer.

É multiplicar as carícias vividas.
É dividir as sofridas emoções.
É somar as alegrias escondidas.
É subtrair as mágoas dos corações.

Depois desse frígido momento,
acontece a esperada reconciliação.
É porque o calor do envolvimento
esteve sempre ao lado da paixão.

Cruzam-se, num elo finito,
dois destinos inseparáveis.
É como se a paz do infinito
Selasse as vidas infindáveis.

Desapego vertical

Deixei...
Meu sobrado ensolarado
meu jardim
meu ipê-roxo-bola
meu aquário
meu fogão a lenha
minha churrasqueira
meus amigos vizinhos...

Levei...
Meus amores
minhas dores
minhas saudades
minhas expectativas
minha felicidade
minha lealdade
minha fé...

Ganhei...
Um pôr do sol magnífico
um flamboyant gigante
uma tipuana majestosa
um manacá-da-serra
um canteiro de azaleias
e uma casa aconchegante
pra minha família acolher.

Obrigada, meu Deus!!!

Mas será que essa verticalização
outra vez chegará aonde moro?
Comprarão todas as casas?
E a minha? Terei outra opção?
Será que mais um prédio
estará em construção?
Ah! Não!!!

Coincidência???

Onze do onze de dois mil e onze
Foi um dia muuuuuuito especial.

Acompanhei pela internet
fatos inusitados que aconteceram, entre eles,
marcados com antecedência,
casamentos mil, não só no nosso Brasil.

Às onze horas, onze minutos e onze segundos,
estava eu cá, em frente ao meu relógio de parede,
atentamente, esperando essa hora chegar. E chegou...
Sabem o que aconteceu?

Naaaaaaaaaaaaaaaaaaaaaaaaaaaaaada!!!

E num piscar de olhos, passou o tempo.
Já eram onze horas, doze minutos e cinco segundos...

E aquele acontecimento que eu tanto esperava?
Ah! Deixa pra lá! Vou esperar o dia 12/12/2012 chegar!

Rá, rá, rá, rá, ráááááá!

Dia de festa

Vesti o meu traje mais bonito,
usei a fragrância mais cheirosa.
Fiz os planos mais ousados,
quis a festa mais pomposa.

Abracei os entes mais queridos,
saudei as pessoas mais festivas.
Senti os prazeres mais sensíveis.
Vivi os momentos mais incríveis.

Tive o Sol mais esplêndido.
Vi a Lua mais brilhante.
Ouvi as músicas mais sublimes.
Curti os ritmos mais dançantes.

Juntos, mais esta brindamos
com feitos, fatos e fotos.
E antes de findar a festa,
O próximo encontro marcamos.

Hora certa em Sampa

"Em breve a hora de São Paulo"
está escrito assim no telão.
São dezenas de relógios espalhados
em locais de maior circulação.

A poucos metros um do outro,
vamos observando os registros.
E a sensação de perder a hora
vai nos deixando mais aflitos.

Lá estão eles, se exibindo
como num cinema ao ar livre.
Os anúncios subindo e descendo
querendo nos iludir... Deus nos livre!!!!

A alguns minutos um do outro,
destacam-se os insistentes avisos.
E a cada segundo nos confirmam
que o nosso tempo vale ouro.

Assim, contando os minutos
das horas perdidas indicadas,
vamos calculando os atrasos
neste mar de buzinas e freadas.

Vê-se, nos corredores de ônibus,
exclusividade... de poucos...
Vê-se, nas pistas restantes, afunilados,
os carros e os motoristas quase loucos.

Ironiza mais um relógio eletrônico:
"Estou feliz por estar voltando".
Trânsito caótico. E o paulistano atônito
fica estático, imóvel, parado, xingando...

Não quero a hora certa explorada.
Não estou feliz com o tempo citado.
Não quero ver as propagandas.
Não tenho tempo. ESTOU ATRASADO!

Vivências paulistanas

Na minha cidade apressada,
vejo refletir, nas vidraças,
uma fervilhante massa
na mais bela das praças.

Na minha cidade arredia,
só existe um lugar que acaricia
e nele me sinto dono
da mais bela moradia.

Domingo é dia de festa
no meio de risos e doces.
Escolho o meu preferido
dentre infinitos sabores.

Segunda, ai que pressa!
Buzinas, brecadas, euforia...
E, de repente, no caos,
alguém de longe me diz: — Bom dia!

Terça, quarta, quinta e sexta:
Tudo igual, que monotonia...
No meio dessa metrópole,
ninguém para por um dia...

Sábado, entre feiras e mercados,
com filas e gente na contramão,
já me acostumei e repito:
sou mais um na multidão...

A mesa

Móvel, imóvel, estanque,
levo o tempo a me equilibrar.
São poucos os meus apoios
Para tanto peso aguentar.

Minhas amigas inseparáveis
são seis e ficam eretas
como numa marcha treinadas,
todas são muito discretas.

Logo que o Sol desponta
já estou a acordar
com o barulho das xícaras
que adoram me esquentar.

Deliciosamente, sinto o cheiro
de um saboroso café.
Pão, manteiga, leite, biscoito
e um mamão feito a filé.

Minhas amigas cochicham:
— Ninguém senta para comer!
E o senhor da casa comenta:
— Só um café, preciso correr!

Uma toalha rendada
cobre-me, majestosamente.
Fico toda envergonhada,
mas agrado a toda gente.

Pratos, talheres, copos, sucos
de novo estou a apoiar
e um suculento almoço
começa a desfilar.

Os “donos do pedaço” chegam
e arrastam minhas colegas.
e elas, muito obedientes,
afastam-se e os aconchegam.

É um momento de êxtase,
prazeres e avidezes.
E num instante desaparece
o belo jantar dos deuses.

À noitinha, ainda há uma sopa,
isso ninguém merece!
Fervilhando numa terrina,
ela quase me enlouquece.

De novo, muita conversa,
sorrisos, brindes, saudações.
E o nosso dia termina
regado a grandes emoções.

Todos que estiveram conosco,
deixam-nos e vão descansar.
Eu e minhas companheiras
quietinhas queremos ficar.

Depois de muito trabalho,
recebo a compensação.
Ganho um arranjo de flores
e enfeito a mansão.

Viajar

— Olhe o campo!
— Bem cultivado!

— Olhe o horizonte!
— Belo, estonteante!

— Olhe as árvores!
— Lindas, em flor!

— Olhe a placa!
— Já a avistei!

— Olhe o carro!
— Já freei!

— Olhe o guarda!
— Nós nos saudamos!

— Falta muito?
— Não, já chegamos!

Via-jaz

— Olhe a cuuurva!
— Já passou!

— Olhe a pooonte!
— Já passou!

— Olhe a plaaaca!
— Já passou!

— Olhe o radaaar!
— Já fotografou!

— Olhe o guaaarda!
— Já multou!

— Olhe o caaarro!
— Já bateu!

— Olhe a preeessa!
— Ah, ah, ah! Findou nessa.

Sonhos

Tem gente que só sonha dormindo.
Tem gente que também sonha acordado.
Tem gente que nem sabe, mas sonha.
Tem gente que sonha até exagerado.

Dormi um sono pesado
e acordei deslumbrado.
Sonhei que, no planeta Terra,
tudo estava mudado.

Olhei para o céu cinzento
e não vi poluição.
Era apenas a sombra
de um enorme coração.

As águas dos rios e mares
eram limpas e transparentes.
E havia um cuidado extremo
para preservar as nascentes.

Crianças, jovens e adultos
sadios e sem exclusão
estavam todos de mãos dadas
e entoavam uma linda canção.

Cantavam a paz e a alegria,
agradeciam a fartura e a união
nesta terra abençoada.
Tristeza não tinha, não.

Sonhar é bom e enriquece.
Estimula a competência.
Ter sonhos com os compromissos
fortalece a sobrevivência.

Em tempos genuinamente brasileiros

Bloco do caju

Quando o bloco do Caju
desponta na avenida,
a euforia é geral.
Traz samba no pé,
traz ginga total
pra animar o Carnaval.

Tem gente daqui
e de outro lugar
que, na fantasia,
só faz sonhar!

Cante e dance,
vibre com o coração.
Traga a sua alegria,
traga a sua felicidade
e sinta a nossa emoção.

Tem gente daqui
e de outro lugar
que, na fantasia,
só faz sonhar!

PEQUENA NOTÁVEL

Carmen Miranda
vamos homenagear
e os balangandãs
também vamos usar.

Musa divina
que nos contagia
com sua graça
e sua alegria.

Cordel nordestino

Sou um cabra da peste
e vivo no meu agreste.
Sou da paz, sou do sertão,
tenho, no peito, um coração ardente.
Meu destino é esperança somente.
Coragem não falta a mim e à minha gente.

Nasci na terra trincada
pela seca que judia nosso chão.
Sou gente simples e persistente,
cabra forte e destemido.
Não tenho medo do perigo:
sou valente como Lampião.

Quando Deus manda chuva,
temos uma boa colheita.
A mesa do nordestino
é a alegria da moçada.
A fartura é bem dividida
e a comida é abençoada.

Tem feijão de corda e arroz.
Tem jerimum e baião de dois.
Carne de cabrito e jabá,
macaxeira com galinha,
cuscuz com leite e buchada,
e a farinha de mandioca
que nunca pode "faltá".

Quando chega o mês de junho,
meu Nordeste se enfeita
e se torna um só "arraiá".
Tem quadrilha, sanfoneiro.
Tem reza para São Pedro e São João;
e para Santo Antônio, muita devoção.

No meu Nordeste, tem cordel,
poesia, música e carnaval.
Tem danças populares para todo mundo dançar.
Bumba meu boi e capoeira
apreciados em todo lugar.
Sou um nordestino sem igual.

Tiradentes, o mártir da Inconfidência Mineira

Neste dia de comemoração e civismo,
quero simplesmente homenagear
um brasileiro altivo e ímpar
que não se cansou de lutar.

Nasceu na Capitania de Minas Gerais
e, em 12 de novembro de 1746, foi batizado.
Ficou órfão de seus pais prematuramente,
porém, desde criança, cultivou seus ideais.

Teve a tutela de seu padrinho, cirurgião-dentista,
e com ele estudou e aprendeu a extrair dentes.
Por dedicar-se ao exercício dessa profissão,
ficou conhecido pelo apelido de Tiradentes.

Foi farmacêutico e médico prático.
Ficou conhecido por sua habilidade
de extrair dentes e colocar outros novos,
feitos por ele mesmo com grande arte.

Joaquim José da Silva Xavier
também foi barbeiro, mascate, minerador.
Por ser um jovem destemido,
buscava sempre desafios com louvor.

Foi mercador de vila em vila
e vendia, também, nas cidades.
Nessas viagens, constatou
um Brasil repleto de necessidades.

Tornou-se técnico em reconhecimento
de terrenos e de seus recursos naturais.
E, com o trabalho de minerador,
fez estudos e projetos sobre mananciais.

Vendendo, também, suas mercadorias,
viajou pela capitania de Natal.
Percorreu imensas terras da Bahia
e chegou até Salvador, a capital.

Nessas andanças de casa em casa,
pôde ouvir as amarguras, as dores
e as súplicas de pessoas injustiçadas
ao jugo dos ambiciosos colonizadores.

As queixas de um povo indignado
causaram-lhe grande comoção.
E ao fazer-se homem feito,
trazia, no peito, a libertação.

Queria um Brasil livre, solidário, leal,
senhor de suas terras e riquezas,
com verdadeira emancipação política,
sem distinção de raça e condição social.

No regimento dos Dragões da Capitania,
em Vila Rica, alistou-se bravamente,
e conseguiu o posto de alferes
(na hierarquia, entre sargento e subtenente).

Nesse tempo, procurou realizar
estudos demográficos,
geográficos, geológicos e mineralógicos,
quer de aplicação civil ou militar.

No quartel, presenciando injustiças,
vividas no dia a dia, intensamente,
percebeu que o clamor da liberdade
também o envolvia inteiramente.

Em 1788, estando a trabalho no Rio de Janeiro,
numa missão importante e essencial,
conviveu com um amigo revolucionário
recém-chegado da Europa/Portugal.

Após vários encontros com esse filósofo,
formado também em História Natural,
concretizou a grande possibilidade
de livrar o Brasil de Portugal.

Tiradentes andava com muitos livros,
instruindo-se a respeito da independência
de outros povos e países,
e dedicou sua vida a essa competência.

De volta à Vila Rica e confiante, concretizou
a divulgação de suas ideias intensamente,
as quais repercutiram pelos arredores da cidade
envolvendo todos amplamente.

Insatisfeitos com a "derrama",
impostos cobrados pela Coroa Portuguesa em ouro
e outra série de riquezas,
que deixava, continuamente, o povo na pobreza.

Esse movimento começaria em Minas
a que aderiu clero e elite mineira também.
A bandeira idealizada teria a legenda:
"*Libertas quae sera tamen*".

Porém a notícia chegou aos ouvidos
do Coronel Joaquim Silvério dos Reis,
que foi ao Rio de Janeiro e denunciou
a Don Luiz de Vasconcelos e Souza, o vice-rei.

Tiradentes, estando no Rio de Janeiro,
foi procurado por ter sido um difamador.
Tentou esconder-se e até fugiu, mas
foi capturado e preso como conspirador.

Em 21 de abril de 1792,

A ACUSAÇÃO:
"Horroroso crime de rebelião
e alta traição, de que se constitui chefe
e cabeça, na Capitania de Minas Gerais."

A SENTENÇA:
A pena de morte extensiva a todos
havia sido comutada. Um só entre eles
pagaria pelo crime de todos.

O mais nobre de todos e destemido
ouviu sua sentença, calado.
Em praça pública, colocaram-no
e como conspirador foi enforcado.

E no Largo da Lampadosa, no Rio de Janeiro,
morreu o Mártir da nossa Independência.
Seus feitos representam, na nossa história,
um grito de Liberdade, marcado por excelência.

Relatos saborosos de um tempo delicioso

Doce que te quero doce

Pé de moleque era o doce mais querido de todos os doces. A receita se iniciava quando a criançada ia à venda do Senhor Antônio para comprar duas rapaduras e um quilo de amendoim.

Pelo caminho de volta, as rapaduras ficavam intactas embrulhadas num cinzento papel de pão, mas os amendoins iam sendo, um a um, saboreados pelas crianças em comboio pela rua. O saquinho de papel pardo por pouco não furava pela delicadeza de pinçar os grãos vermelhinhos e brilhantes.

A chegada à cozinha de casa era uma festa. Dona Maria Pioli fingia não perceber a falta de alguns gramas. Ainda dava um punhadinho para cada um de nós e dizia:

— Agora vão brincar! Assim que o doce estiver pronto, chamarei vocês!

Doce ilusão da quituteira! Ficávamos à espreita e, ao sentir o cheiro do amendoim torrado, lá estávamos de mãos esticadas pedindo uma porção quentinha. Por ali permanecíamos e compartilhávamos aquele momento quase mágico.

A etapa seguinte era tirar as casquinhas dos grãos ainda quentinhos e espalhados numa peneira de arame. Era divertido abanar a peneira para as cascas voarem. Cada criança sacudia a peneira querendo demonstrar habilidade, mas Dona Maria logo assumia a brincadeira para salvar os amendoins.

Em uma máquina de moer carne, o amendoim era colocado aos poucos e triturado. O cheiro nos inebriava e corríamos para a cozinha com a certeza de que ganharíamos uma colher cheia daquele suculento amendoim moído.

As rapaduras eram embrulhadas em um guardanapo e colocadas em cima da pia da cozinha. Com a nossa ajuda, eram quebradas em diversos pedaços. Para isso usávamos, com cuidado, um martelinho de alumínio. Os mais descuidados acabavam martelando o dedo e choramingavam.

Numa panela, mamãe colocava dois copos de leite com os pedaços de rapadura e deixava ferver. Aguardávamos ansiosos a etapa do puxa-puxa. Para dar o ponto certo, mamãe pingava colheradas da calda numa xícara com água e saboreávamos aquela bala mole, deliciosa.

Dado o ponto certo, era o momento de acrescentar o amendoim que, aos poucos, ia sendo colocado por nós com o auxílio de uma colher de pau. A pedido, nós nos afastávamos da panela para evitar respingos quentes, mas permanecíamos atentos aos procedimentos. O doce era mexido com rapidez para esfriar e dar o ponto ideal.

Numa pedra de mármore, colocávamos uma chuvinha de farinha de milho, preparando uma base para receber o doce. Mamãe sabia daquele momento especial, quando dizia:

— O ponto é este — e levantava a colher cheia de doce já bem firme.

Nossos olhinhos até brilhavam de pura alegria.

Delicadamente o doce era espalhado sobre a base preparada e o visual era incrível!

Ficávamos pelo quintal brincando, até ouvir o chamado tão esperado:

— Crianças, venham! Não se esqueçam de lavar suas mãos novamente!

Finalmente, com os olhinhos arregalados, víamos mamãe cortar aquele doce maravilhoso em pequenos paralelogramos. As fatias eram distribuídas à vontade e saboreávamos os pés de moleques com imensa alegria e satisfação. Dona Maria Pioli guardava o restante em uma bomboniere de vidro.

Felizmente, tenho-a até hoje. Guardo-a com carinho num lugar de destaque em minha casa.

Fiz muitos desses doces para meus filhos. Continuo a fazer pés de moleque para os meus netos e, a cada receita concluída, uma nova história se inicia...

Meu pão de queijo

De uma combinação perfeita
de ovos, polvilho, queijo ralado,
água, leite, óleo e sal refinado,
obtém-se uma incrível receita.

Coloque num recipiente:
500 gramas de polvilho azedo
1 colher de chá de sal.
E misture suavemente.

Numa panela acrescente:
150 ml de leite integral
150 ml de óleo.
E ferva esses ingredientes.

Despeje-os bem devagar
para escaldar o polvilho.
Com o auxílio de uma colher
mexa com cuidado até esfriar.

Junte três ovos, delicadamente
e use as mãos para misturar.
Adicione 150ml de água morna
e continue essa massa a sovar.

200 gramas de queijo ralado
é o que falta acrescentar.
Prefira o queijo minas meia cura
por ser o mais apropriado.

Com a massa lisa e fina,
chegou a hora de modelar.
Passe gotas de óleo nas mãos
Para isso facilitar.

Para cada colher de massa
faça bolinhas com cuidado.
Coloque-as numa assadeira
e leve-as ao forno moderado.

Enquanto assam, é bom olhá-las
e sentir o cheiro que exalam.
Chegam a dar água na boca
antes de saboreá-las.

Essa iguaria especial
ganhou um nome mineiro.
Pão de queijo é chamada
essa delícia sem igual.

Com café, leite, chá,
refrigerante e com recheios mil...
Há saborosos pães de queijo
em várias regiões do Brasil.

Bem aceito em Minas no outono,
inverno, primavera e verão.
Já conhecido em outros países,
é um produto de exportação.

Há pães de queijo diversos
e prontinhos para assar.
Basta ir a um mercado
e congelados comprar.

Porém, se os preferir rapidinho
de manhã, à tarde ou à noite,
basta ir a uma padaria
e degustá-los bem quentinhos.

Eta trem bão e apreciado!
Uai! É bão demais da conta!
É assim mesmo que falo, sô!
Pro meu pão de queijo adorado.

Pipocas

Cresci bem agarradinho
na espiga onde nasci.
Outros grãos também estiveram
bem pertinho de mim.

Um a um nos debulharam
para numa panela cair.
— Que calor! — alguns gritaram.
Vamos todos explodir!

PLOC!!

PLOC!!

PLOC PLOC

— Que magia divertida!
— Que alimento saboroso!
Era isso que se ouvia
nesse instante majestoso.

Do milho, sou um grãozinho
Que, de um jeito bem prático,
virei um floco branquinho
num rápido salto acrobático.

Exalo um cheiro de amido
Que dá água na boca e provoca.
Depois daquele estampido,
agora sou uma P I P C A.

Receita de bolo de cenoura

Ajeito três cadeiras perto da pia da cozinha. Coloco três netinhos de pé nas cadeiras, em frente aos cobiçados ingredientes.

É hora de lavar as mãozinhas...

Dou uma colher a cada um...

A farra vai começar!

Juliana quebra o primeiro ovo no copo do liquidificador e diz:

— Que nojo!

Pego os pedaços de cascas que caíram também...

Gabi quebra o segundo ovo e diz:

— Eeeeecaaa!

Tiro as cascas que se esfacelaram na pia...

— Lucas, é a sua vez!

E o ovo se espatifa no chão.

— Oh, não! Que meleca!

Lavo suas mãos...

— Vamos quebrar outro, assim, devagarinho...

E o ovo se estatela entre os dedos do menino...

— Vou dar um jeito nisso...

Pego o terceiro e último ovo e adiciono aos outros.

As meninas estão ansiosas...

— E o açúcar, quem vai medir?

Gabi transborda uma xícara e Juju repete a dose.

— O óleo deixa que eu acrescento — sugiro às pressas.

E três quartos da xícara agrego rapidamente.

As três cenouras cortadas em rodelinhas são adicionadas com cuidado.

Cada um coloca um pouquinho...

Agora, vovó liga o liquidificador e a criançada emudece...

Uma massa alaranjada começa a se formar em frente aos olhinhos arregalados.

— Em uma tigela vamos essa massa colocar.

E todos ajudam bem devagar.

Faltam três xícaras de farinha de trigo A primeira medida o Lucas consegue colocar.

Depois uma nuvem branquinha despenca da pia para o chão e todos começam a espirrar...

— Após as devidas limpezas, vamos continuar...

Juju e Gabi colocam o restante da farinha demonstrando habilidades, já são boleiras!

Falta o fermento em pó; só uma colher bem cheia para a Gabi colocar.

Juliana mistura tudo, delicadamente, com a ajuda da vovó.

Gabi e Lucas não querem mais ajudar.

Saem correndo e anunciam:

Vovó! O Rafael acaba de acordar!

Minutos depois estão todos de volta, pegam as suas colheres e querem a massa experimentar.

Lambuzam as mãos, o rosto, a roupa e lambem os dedos com gosto!

E nem adianta pedir cuidado, pois querem mesmo é farrear!

E assim, lambuzados, saem sorrindo da cozinha e vão brincar.

Untar a assadeira, limpar a cozinha, pôr o bolo para assar, isso são coisas de vovó...

— Crianças, o bolo está pronto! Com cobertura de brigadeiro e granulado colorido.

Primeiro, vem o Lucas, abrindo os bracinhos num voo rasante e panorâmico.

Rafael, com apenas seis meses, chega alegrinho no colo da sua mamãe e observa tudo, atentamente...

Juliana dá uma olhada e pergunta:

— Vovóóóóóó, cadê as velinhas? Eu quero cortar o bolo!

Gabriela espeta quatro velinhas brancas. Juliana concorda e diz:

— Eu tenho quatro anos!

Rafael acompanha a folia... Juliana, Lucas e Gabriela sopram as velinhas, ao som do hino da casa:

— Parabéns, pra você! Nesta data querida...

E todos ali presentes veem, nos lábios das crianças, uma mistura de bolo, brincadeiras e muitos sorrisos!

Sorvete

Deliciosamente gelado,
maravilhosamente colorido,
satisfatoriamente comprado,
incrivelmente o mais pedido.

Seja de bola ou palito
é o rei da sobremesa.
Com calda, então, que delícia!
Não pode faltar à mesa.

De abacaxi, ameixa, açaí,
coco, creme, abacate,
limão, menta, chocolate,
E outros mil por aí.

Ao sair das embalagens,
causa espanto e emoção.
"Huuuuummmmmm!",
ecoa a criançada,
com os olhos e o coração.

Iguaria que, antigamente,
já era muito apreciada,
agora, majestosamente,
continua o seu reinado...

Lembranças carinhosas de tempos familiares

Primeira neta

Linda, linda!

Ali está nossa menina tão desejada e esperada desde os primeiros meses de gestação!

Em seus olhinhos, o brilho de estarem recém-nascidos. Na face, a mistura perfeita dos traços marcantes do papai e da mamãe.

Ela é a primeira neta dos Martini e a primeira neta dos Lomônico.

No semblante dos familiares, a certeza de que há, nela, um pouquinho de cada um de nós.

Felizes e radiantes, queremos todos admirar a bebê! Sorrisos, cumprimentos, abraços e louvores!

Muitas fotos e filmagens a registrar detalhes preciosos dessa rápida apresentação, mostrada através dos vidros do berçário.

Vê-se o carinho dos que se tornaram tio e titias. É contagiante a alegria dos vovôs e das vovós que também renascem para essa sensação.

Por alguns instantes, reflito e sinto algo pulsar em meu coração: o amor de mãe, que eu já possuo, se fortalece para o amor da avó que agora sou.

Nova fase, novo amor e nova emoção!

Seja bem-vinda, minha neta! Deus a abençoe, Gabriela!

Gabriela

Que menina moleca, sapeca,
que pula, grita e sapateia.
Que usa anéis, tiaras, brincos
e um punhado de pulseiras.

Que usa chiquinhas no cabelo,
saias jeans e sandalinhas.
Que usa batons, esmaltes
e tatuagem nas perninhas.

Menina alegre e vaidosa
que modela seus cachinhos.
Mais bonita que uma rosa
e mais doce que os frutinhos.

Menina que chega sorrindo,
que me abraça e sabe agradar.
E que a todos encanta
com sua meiguice no olhar.

Gabi

Aquela menina sapeca,
que era levada da breca,
deixou de lado a peteca
e não quer mais ser moleca.

Tem agora seis aninhos,
cresceu muuuito, esticou...
Já está quase do meu tamanho
e diz: "Vovó, veja como linda estou!"

Seu andar é um desfile.
Seus trajes *fashion*, da moda.
Tudo combina, nos trinques...
Roupas sem acessórios: isso a incomoda.

Canta, dança, encanta,
leva a vida a brincar...
Adora suas amiguinhas
e sempre junto delas quer estar.

Já domina os joguinhos
que encontra no computador.
É imbatível no XBOX
e vence todos com louvor.

Juliana

Seu sorriso me comove.
Seu olhar é uma carícia.
Seu abraço me agrada.
E seu beijo é uma delícia.

Seus dentinhos branquinhos
são quatro e bem bonitinhos.
Sua fala balbuciada
é como ouvir os anjinhos.

Vovó fica emocionada
ao ver, no seu rosto, rubor.
Vovô, então, só dá risada
e a trata com muito amor.

Essa menina fofinha
que começa a engatinhar
já é muito espertinha
e sabe a família agradar.

Letramento a distância

O computador soa estridente.
É o sinal do MSM (*online*) a aceitar.
Na tela, vejo seu rostinho sorridente
convidando-me para a "aula" iniciar.

Após um breve cumprimento,
seu nome já quer digitar.
Sobre as letras e descoberta dos sons,
começa, prazerosamente, a indagar.

Ao seu lado, está a mamãe,
delicadamente, a ajudar.
E, de bem longe, a vovó coruja
já quer um diploma lhe dar.

Sabe contar de um a dez,
até mesmo em inglês.
Diz com muita certeza:
— Conta, mamãe! É a sua vez...

Com seus ágeis dedinhos,
digita as letras com sucesso.
E o seu nome num instante
é enviado e impresso.

Quer saber como se escreve:
mamãe, papai, vovó, vovô e *tia Di*...
E assim a esperta Juliana
alfabetizada será em breve!

Com apenas três aninhos,
domina o *mouse* com destreza.
Diverte-se com os *emoticons*
e adora os seus joguinhos.

Quatro aninhos...

Ela é a meiguice em pessoa.
Bondosa, vaidosa, charmosa,
muitos "osas" ela tem.
Vive assim: sempre dengosa...

Adora dar e receber um beijinho,
faz charminhos, dá abracinhos.
Muitos "inhos" ela tem.
Vive assim: com muito carinho...

Na rua onde mora se destaca
no meio da criançada.
Diz que já tem um namorado.
Vive assim: apaixonada...

Agora diz ser independente.
Quer ir ao parque, sozinha,
pois já sabe escovar os dentes.
Vive assim: como mocinha.

Essa menina cheia de graça,
que se enfeita com chiquinhas,
se maquia com sombras e batons
e só quer usar vestidos, sandálias e bolsinhas...

Essa é Juliana!

Meu dentinho de leite

Hum! Meu dentinho está mooooole!
E seguro por um fiozinho...
É o meu primeiro dente que cai.
Em seu lugar, nascerá um branquinho...

— Mamããããeeee! Venha ver!
Mexa nele com cuidado!
Veja como ele está balançando...
Ele está dependuraaaaado!

Já sei: ele cairá sozinho
e não sentirei nenhuma dor.
Vou guardá-lo numa caixinha,
com muito carinho e amor.

Não estou triste por isso,
o que sinto é felicidade.
Esperei muito este momento,
até com ansiedade.

Meu sorriso ficará diferente,
exibirei uma janelinha.
Em breve, terei seis anos
e já me sinto uma mocinha.

Para Lucas

"É um menino! É um menino!",
a mamãe anunciava.
E os olhos marejados do papai
expressavam o que já desejava.

Foram nove meses completos.
Dia após dia, uma preparação...
E, carinhosamente, mamãe doava
alimento, amor e dedicação.

Quando soubemos que você
se preparava para nascer,
ficamos muito felizes
e desejosos de o conhecer.

A família em expectativa,
reunida na maternidade,
contava um a um os minutos
que viraram uma eternidade.

De repente, você surgiu
em uma manta enrolado.
Como um rei em seu trono
a todos foi apresentado.

Através do vidro do berçário,
encantava cada um de nós.
Entre os olhares carinhosos,
era o xodó dos tios e avós.

Pele branquinha e loirinho,
rostinho calmo e singelo.
Eram só elogios que se ouvia:
"Entre todos é o mais belo".

Na face, uma mistura perfeita
dos traços da mamãe e do papai.
— Seja bem-vindo, meu neto!
Peço: Deus, o abençoai!

Primeiros passos

— Venha! Venha! Venha aquiiiiiii!
— Venha! Venha! Venha andaaanndo!
— Veemm! — diz papai maravilhado.
— Aíííííííí! Conseguiiiiiiiuuuuu!

Primeiro, fica atento, pensando...
Depois, mostra um sorriso maroto.
E atendendo aos pedidos,
lá está ele, se equilibrando...

De pé, olha o chão e concentra-se,
firma o corpinho e sai...
Abre os bracinhos para não cair.
Sorri sem receio e lá vai...

Impulsiona a perna esquerda,
Traz para frente a direita.
Sente que já é capaz.
E três passinhos ele dá.

Aceita um apoio imediatista
e recebe um abraço apertado.
Entre os aplausos e elogios,
sorridente, mostra sua conquista.

Percebe que está sendo filmado.
Via internet, a família inteira o vê.
E esse momento inédito
num CD já está gravado.

Menino Sorriso

Lá vem ele erguendo os bracinhos
e com um sorriso encantador!
Depressa, agitando os bracinhos,
abraça todos com muito amor.

Exibe discretamente seus dentinhos.
São oito bem visíveis e afiados.
E no braço da delicada priminha,
numa mordida já estão tatuados.

É um corre-corre pra lá.
É um corre-corre pra cá.
E o danadinho do Lucas
mais uma acabou de aprontar.

Já está silabando os nomes:
mã-mã, pá-pá, vó-vó, dá-dá.
Aponta o que quer com certeza
e não gosta de esperar.

Brinca com seus carrinhos.
galopa em seu cavalinho,
anda com sua motinha
num zás-trás, rapidinho.

Acaricia a irmã, beija-lhe a face,
aperta-lhe a bochecha carinhosamente,
mas, num instante, a surpreende
puxando-lhe os cabelos, sorrateiramente.

Assim é o Menino Sorriso
que vai conquistando seu lugar.
Vividos um ano e dez meses,
já está apto para reinar.

Bololo

Esse Lucas é demais!
Já chega a casa aprontando...
Passa direto da sala pra cozinha,
do quarto corre pro lavabo,
sai do escritório num vapt! pro banheiro.
Dá uma rápida espiada no quintal.

Passa em revista toda a casa
e mexe com o cachorro.
Abre a geladeira e os armários
em busca de algo especial.
Volta ao quintal, joga a bolinha
para o cachorro pegar.

Corre em direção às escadas,
fingindo que vai descer.
Só quer ouvir os gritos da turma:
— Cuidaaaado! Não vá caiiiiir!
Num instante, volta todo calminho
e pula no colo do vovô.

Entra na sala, se ajeita no sofá
e segura o controle da TV.
Mas antes de assistir o Ben 10,
sorridente, vai abraçar a vovó.
Depois de um beijo carinhoso, diz:
— Vovó, Ma qué BOOLOO, BOLOLO!

Rafael

Um anjo chegou com você
e, ao seu lado, ficou escondidinho.
Esperou o momento de vê-lo se fortalecer,
protegendo-o, num lugar bem quentinho.

Estávamos todos muito ansiosos...
Queríamos ver o seu rostinho.
Sabíamos que era um menino
muito forte e engraçadinho.

Chegou, então, o esperado dia
de vê-lo e tocá-lo de mansinho.
Aos poucos, todos o conheceram
e a família acariciou-o com carinho.

Seus cabelos lisos, bem fininhos,
eram como os da mamãe.
As bochechas e os olhinhos
Eram como xérox do papai.

Seu narizinho e boquinha
pareciam xérox da mamãe.
Mas as fofas mãozinhas,
outra vez, eram do papai.

O saboroso leite da mamãe
deixou-o mais sadio e fortinho.
E o jeito afetuoso do papai
o fez calmo e bonzinho.

Três meses se passaram...
Dor de barriga, choro, colo, massagens...
Peito, mamadeira, banho, chazinho...
Xixi, cocô, fralda e muito carinho...

E você está com quatro meses...
Pesa sete quilos e está bem gordinho.
Sorri, brinca, vê desenhos na TV
e já dorme, mais tranquilo, no bercinho.

Seus cabelos castanhos mudaram e
não são mais tão lisinhos.
Assim como os do papai,
agora são enroladinhos.

Reconhece bem o papai e a mamãe.
Está de olho na irmãzinha,
parece aprender tudo o que ela faz.
E se mostra muito esperto e sabidinho.

Já se passaram seis meses...
Quer sentar, quer só colo e faz manhazinhas.
Brinca com os chocalhos, mordedores.
Adora frutas, sucos e papinhas.

Como você está fofinho!

Vovó online

Ah! Eu sei que é a minha avó
que está ali na tela,
só não entendo porque não me deixam
ficar um pouquinho no colo dela.

Quando a vejo, eu sorrio,
fico com os olhinhos brilhando.
Sei que ela adora me ver
e sempre fica me esperando.

Divido a tela com minha irmã
que seu nome já sabe digitar.
Manda beijos nos "emotions"
e eu aprendo tudo, só de olhar...

Minha mãe controla meus gestos,
pois quero o teclado pegar.
Fico irrequieto e, num instante,
deixo tudo e quero mamar.

Do colo da minha mãe,
no chão eu quero estar.
Desejo mostrar à minha avó
que estou querendo engatinhar.

Do outro lado da tela,
está a minha avó a se emocionar.
Não vê a hora de poder
seus lindos netinhos abraçar.

Identidade

Rafael acordou cedo e, como de costume, tirou todos da cama usando o seu refrão inconfundível:

— Papai! Mamãe! Já é dia!

Satisfeita a sua vontade, correu para o quarto da irmã.

— Juliana, acorda! Já é dia!

Ele sabia que, logo após o café da manhã, iria com seus pais e com sua irmã a um lugar diferente para fazer sua carteira de identidade. Não havia entendido muito bem o que era essa tal carteira e estava ansioso.

Procurou arrumar-se sozinho, escolhendo a camiseta do Batman, a bermuda do Hot Wheels e seus tênis preferidos. Após os últimos detalhes de orientação familiar, estava prontinho.

Rafael entrou no carro rapidamente. Ajudado pela irmã, sentou-se na cadeirinha e fixaram o cinto de segurança. Não queriam se atrasar para a importante causa do dia. E lá se foram para mais uma experiência nova...

Chegaram ao cartório e, após os devidos protocolos, Rafael sentou-se ao lado de uma escrevente. Ela, com toda delicadeza, disse:

— Rafael, passarei uma tinta preta em seu dedinho para que você possa carimbar e deixar sua digital aqui em sua carteira de identidade. Farei isso porque você não sabe escrever o seu nome, não é?

Para surpresa de todos, Rafael afirmou categoricamente:

— Eu *chei* sim! Eu já *chei* escrever o meu nome.

A escrevente, muito admirada, completou:

— Então você quer escrever o seu nome? Tem certeza?

— Eu *chei* sim. Eu quero.

Mamãe, papai e Juliana concordaram com ele. Nesse momento, muito decidido, Rafael pegou a caneta e escreveu na linha indicada: RAFAEL.

Todas as pessoas que presenciaram esse fato ficaram admiradas pela desenvoltura e firmeza daquele menino de quatro aninhos.

Sua carteira de identidade ficou linda, *sui generis*. Esse é o nosso decidido Rafael!

Dente de leite

Meu dente de leite branquinho
que eu escovei diariamente,
hoje amanheceu mole, molinho
e mudou minha vida de repente.

Curioso, olhei-me no espelho
e fiquei até preocupado.
Vi meu dentinho esquisito,
parecia que estava virado.

Andei pela casa devagarinho,
sentei-me à mesa com cuidado.
Mostrei a todos que meu dente
num fiozinho estava pendurado.

Comi meu pão sem pressa,
tomei meu leite com canudinho.
Conversei baixinho e pausado,
tentando equilibrar meu dentinho.

O resto do dia foi de surpresas,
todas em função do meu dente.
Até meus amigos mudaram:
brincamos todos calmamente.

Na escola fiquei atento às aulas
e ao "cai não cai" do meu dentinho,
mas, numa distração, durante o recreio,
perdi meu dente, coitadinho!

Em minha boca, uma janelinha se abriu
E, por um instante, fiquei desapontado,
mas, depois que o susto passou,
achei que tudo foi muito engraçado.

Cheguei a casa alegre e correndo...
Entre beijos e abraços, fui filmado.
Pelo WhatsApp, minha família aplaudia
o meu novo sorriso registrado.

À noite, no meu quarto, antes de dormir,
combinei com a Fada do Dente:
— Te darei meu próximo dente que cair,
mas, em troca, quero ganhar outro presente.

O batizado

Juliana, papai, mamãe, vovô, titia, eu e a vovó fomos bem cedinho para o Aeroporto de Guarulhos. Como a bebê estava com quatro meses, poderia viajar de avião.

Após a decolagem foi uma hora e trinta minutos, aproximadamente, de uma viagem bem tranquila.

Juliana dormiu durante quase todo o trajeto e só acordou para mamar. Seu pai estava feliz e sabia que a família Cremasco esperava, ansiosamente, o momento de conhecer sua filha.

Chegamos, primeiramente à cidade de Vitória (ES). Depois de um rápido descanso e cuidados com Juliana, viajamos de carro, mais algumas horas até Nova Venécia.

A família era numerosa e todos queriam conhecer a linda menininha. Foi emocionante o encontro com os parentes e bisavós paternos.

No dia seguinte, num ato de religiosidade e fé, nos reunimos na Igreja para Juliana receber o Sacramento do Batismo.

Ora no colo da mamãe, ora no colo do papai, ela estava linda com um vestidinho branco e tiara com lacinhos.

Durante a cerimônia, esteve com os olhinhos bem abertos. Parecia entender todo o sentido dessa celebração. Algumas vezes, sorriu para a alegria de todos.

Com muito orgulho e carinho, Tia Adriana e Tio Leonardo foram seus padrinhos. Uma sessão de fotos e filmagens encerrou esse evento tão comemorado.

Novamente, as famílias reúnem-se e, dessa vez, para um animado churrasco. Enquanto isso, Juliana era admirada por todos. No final da tarde, dormiu... e acordou apenas para mamar.

No domingo, bem cedo iniciamos a viagem de retorno.

Próximo a Vitória, saboreamos, no almoço, uma deliciosa moqueca capixaba. E no colo da mamãe, Juliana saboreava o leite quentinho que ela lhe oferecia com muito carinho.

À noite, chegamos a São Paulo. Sentíamos gratidão pelos momentos felizes e abençoados que vivemos entre as famílias Martini e Cremasco.

Papai Noel 2008

Usava calça de sarja bege, sapato esporte e camiseta polo branca. Nas mãos um pouco suadas, via-se certo tremor de ansiedade. Recolhia os presentes que estavam embaixo da árvore de Natal e conferia-os cuidadosamente, para que, durante a distribuição, nenhum imprevisto acontecesse. Dizem que Papai Noel não erra, pensava...

Ele conhecia bem o pedido de cada uma das crianças e, pelas duas cartinhas que recebera (com rabiscos e garatujas), também tinha certeza da satisfação que causaria.

Feito de TNT vermelho, o saco cheio de brinquedos foi escondido às pressas, no jardim.

Gabriela, impaciente, corria de um lado para o outro, querendo ganhar logo os seus presentes. Ouvia-se um burburinho... Suas perguntas sobre a chegada do velhinho iam tornando-se mais apreensivas. De repente, ela percebeu que seu pai havia sumido. Procurou-o pelos cômodos da casa, chamou-o insistentemente, mas ele não apareceu. Ficou quieta, querendo chorar...

De repente um sininho ecoou... Silêncio total... Dava para sentir a pulsação dos coraçõezinhos em crescimento.

Agora vestia capuz, casaco e calça de veludo vermelho com debrum de pele branquinha. Um cinto largo de verniz preto dava um toque especial ao casaco. Nas mãos, usava luvas brancas e suas botas também eram de verniz preto. De um tom prateado eram a barba, o bigode e as sobrancelhas. Coradas estavam as bochechas que se distinguiam no traje, comprado na rua 25 de março, em dia escaldante, ao Sol do meio-dia e na véspera do Natal. Os óculos eram um disfarce a mais que encobriam a emoção do momento.

Ele não desceu pela chaminé. Chegou como por encanto e entrou pela porta da sala.

— RO! RO! RO! RO! ROOOOOOOOOOOO! Gabrieeeeeeela! Juliaaaaaana! Luuuuuuucas! — expressou-se emocionadamente, com sotaque de um jovem velhinho.

Era iniciante, sem nenhuma experiência no ramo. Daí seu jeito meio desconcertante...

Então os olhares se cruzaram... Papai Noel, com os olhos marejados, tentava representar bem o seu papel.

Gabriela, em êxtase, recebeu seus presentes. Depois, abraçou-o, beijou-o com a força de seus três anos e de quem acreditava em sua verdadeira existência.

Juliana, no colo de sua mãe, olhava assustada para aquela cena inusitada. Recebeu seus presentes do velhinho, mas não quis beijar o homem de barba grande, diferente de seu pai e de seu avô. Com seus vinte e dois meses de existência, assustou-se ao ver alguém assim tão grande. Seu Papai Noel de brinquedo estava ali, do seu lado, enfeitando a árvore de natal.

Lucas, com apenas cinco meses, não acordou para pegar seus presentes; dormia em seu carrinho de bebê. Tinha um sono tranquilo e parecia alegre porque algumas vezes sorria. Em seu sono, quem sabe, não estaria participando da festa? Era o que parecia...

Já era quase meia-noite e a entrega dos presentes parecia infinita.

O cheiro do peru, da leitoa e do tender assados invadia a sala e contagiava os familiares. Papai-Noel, por alguns instantes, esqueceu-se de suas incumbências e quase estragou a festa quando comentou com sua voz sem disfarce:

— Hummmmm!!! Esse cheiro de assados é de arrasar! E numa correção imediata disse:

— RO! RO! RO! RO! RO! ROOOOOOOOO! Feliz Natal a todos! Agora vou entregar presentes para outras crianças.

E saiu pela porta da sala com o saco de presentes vazio.

Gabriela e Juliana, envolvidas em rasgar os papéis dos presentes e apoderarem-se dos brinquedos, viviam momentos inesquecíveis. Enquanto isso, a troca de presentes entre os familiares estava apenas começando.

Depois de alguns minutos, ele novamente usava calça de sarja, sapato esporte e camiseta polo branca. Apareceu na sala justamente quando Gabriela queria seu pai. Descontraído, pegou-a no colo, brincou com Juliana e tentou acordar o Lucas que ainda dormia. Sentia-se extremamente feliz e trazia no semblante a certeza de ter vindo do Polo Norte num trenó puxado por renas.

Papai Noel 2015

Tinha fogão à lenha e chaminé, mas o Papai Noel preferiu entrar pela porta principal da casa, no dia vinte e dois.

O combinado era que ele deveria entregar os presentes para as crianças na véspera do Natal, à noite. Porém, por causa dos inúmeros pedidos dos moradores do condomínio, ele teve que antecipar a entrega e foi uma grande surpresa para todos.

Eram dezenove horas, horário de verão, e fazia muito calor. Papai Noel chegou sem as renas e sem o trenó, no auge dos 33 graus. Nem o ar condicionado da sala dava conta de amenizar o calorão.

Rafael e Juliana assistiam a um desenho pela TV. Os enfeites de Natal reluziam, mas ainda estavam desligados. Nem mesmo o pisca-pisca da árvore da sala conseguiu anunciar a chegada do bom velhinho.

De repente, um sininho soou natalinamente no jardim. E num pulo acrobático, Rafael deu seu grito de glória:

— É o Papai Noeeeel! Ele chegooooou!

Juliana, mais tranquila, comentou:

— Mas já?

E os dois saíram correndo para encontrar o velhinho. Abriram a porta com euforia e viram o Papai Noel no jardim, com a cachorrinha Sofia que não parava de latir.

Trajava o costumeiro uniforme de cetim vermelho. Na gola, nos punhos e nas barras do casaco e da calça, um tecido de plush branco fervilhava. Um cinto preto bem largo segurava sua barriga, tentando dar um charme ao traje. Em seu rosto, gotículas de suor cintilavam e seus óculos escorregavam de vez em quando até a ponta do seu nariz.

Mamãe, papai e vovó Lúcia chegaram em seguida. Convidaram-no para entrar e acompanharam a alegria das crianças.

Foi uma correria para acertar os celulares para tirar as fotos e fazer a filmagem do evento natalino.

Após a euforia do momento, Papai Noel tirou do convencional saco vermelho de TNT dois pacotes e disse:

— Tem presente para todo mundo!

Rafael, muito esperto, observou os dois presentes e comentou:

— Pera aí! 1, 2, 3, 4, 5 (enumerou os membros da família, apontando-os com o dedo indicador)... Como assim? Você só tem dois presentes?

Bem, esse comentário ficou no esquecimento quando ouviu o Papai Noel dizer:

— Este é para o Rafael!

Com um esplêndido pulo e um abraço de agradecimento, Rafael pegou seu presente. Abriu-o com a ajuda da irmã e comentou:

— Ganhei o jogo de videogame que eu queria! — e mostrou um CD. — Ué! Tem mais um! Este outro é para você, papai! Papai Noel trouxe pra você, né?

Uma gargalhada dos adultos soou espontaneamente, pois era a pura verdade.

Em seguida, foi a vez da Juliana que não se aguentava de curiosidade.

— Este é para Juliana!

Também após um abraço apertado e um agradecimento, pegou o seu presente e desembrulhou-o num instante.

— Uma luneta! Era o que eu queria!

E se esbaldou de contentamento ao admirar e manusear seu presente tão desejado!

E a sessão de fotos continuou... Papai Noel parecia tranquilo e disponível para as fotos sugeridas. Não tinha pressa, mesmo porque estava em Tremembé, uma cidade pacata do interior paulista. Pegou as crianças no colo, sentou com elas no sofá e no tapete da sala. As últimas fotos foram tiradas no banco do jardim com toda a família. Tudo assim bem registrado, filmado e enviado aos amigos e familiares pelo WhatsApp e Facebook ao vivo e a cores.

Papai Noel, gotejando de suor, despediu-se das crianças em grande estilo e saiu tranquilamente.

A porta da casa fechou e Papai Noel sumiu num instante, a pé, pois seu carro estava a poucos metros dali. Afinal outras entregas estavam agendadas.

Enquanto isso, em casa, Rafael e Juliana continuavam em êxtase. Juntamente com papai e mamãe, descobriam as novidades dos tão esperados presentes de Natal.

Rumo à praia

Ninguém dormiu tranquilo naquela noite: a ansiedade não deixou. O Sol nem tinha aparecido e as crianças já estavam prontinhas para descer a Serra. O desjejum, preparado rapidamente pela mamãe, ninguém quis.

— Vamos tomar nosso leite lá na praia. Vaaaaamos! Estamos atrasados! —retrucavam.

Nas mãos do Lucas, os óculos de sol novinhos e o boneco do Ben 10. Nas mãos de Gabriela, uma Barbie e uma bolsinha de maquiagem. Em um carrinho de mão, improvisado, papai empurrava, num esforço digno de uma academia de ginástica, algumas coisinhas que lotariam o bagageiro do carro:

⁂ 4 malas, uma de cada membro da família (na praia, não se precisava de muitas roupas e calçados...);
⁂ 1 maleta térmica cheinha de alimentos congelados (para agilizar as refeições e não se perder o Sol à beira do fogão...);
⁂ 1 caixa de isopor (para as cervejas que deveriam chegar geladinhas...);
⁂ 1 sacola também térmica (para os sucos e refrigerantes);
⁂ 1 maleta térmica grande, brinde do Natal, com os danones, danoninhos, yakults, queijos, presunto, peito de peru, patês, requeijão e manteiga (que não poderiam faltar...);
⁂ 1 caixa com 12 litros de leite integral (embalagens TETRA PAK);
⁂ 1 sacola de feira com as frutas preferidas das crianças;
⁂ 1 sacola de mercado com as guloseimas e petiscos para se deliciar na areia escaldante e prazerosa da praia.

Mamãe sai do apartamento, também abarrotada. Abraça quase de uma só vez:

⁂ 1 sacola grande, contendo travesseiros, mantas e lençóis;
⁂ 1 bolsa-toalha para guardar os bronzeadores, protetor solar, pentes, escovas de cabelos;
⁂ 1 necessaire grande, com objetos de higiene pessoal e familiar, cuidadosamente identificados;

⁂ 1 bolsa de couro acoplada ao ombro direito, com tudo o que seria necessário para uma viagem tranquila;

⁂ 1 maleta com os biquínis, sungas, cangas, chapéus, óculos de sol, chinelos, toalhas e bonés;

⁂ 1 secador de cabelos;

⁂ 1 cestinha com um cobertorzinho, tapetinhos descartáveis, ração e brinquedinhos da cachorrinha.

Em sua coleira, lá estava a Estrela, pulando, latindo e arranhando as pernas das crianças, com receio de ficar para trás e perder a aventura.

Foram três viagens de elevador e, após tudo ajeitado no porta-malas do carro, chegou o momento de partir em direção à tão cobiçada praia. Lucas dizia:

— Papai, vai logo, quero *bincar* na *paia*!

Gabi, que já havia combinado com suas amigas do condomínio que chegaria cedo à piscina, estava reclamando da demora para sair de Santo André.

Felizmente, meia hora após a partida, as crianças dormiam, e a Estrela também. Nem perceberam o congestionamento antes do pedágio. Não viram a garoa na serra, o congestionamento antes do primeiro túnel e a lentidão no trânsito, durante toda a viagem. Foram três horas de muito cuidado e paciência... Uma hora e meia a mais que de costume...

Assim que o carro completou a curva de chegada à cidade praiana, ouviu- se um sonoro: CHEGAAAAMOS! E a animação das crianças e da cachorrinha foi contagiante. Acordaram com a corda toda... O caminho de dez minutos entre a avenida e a rua do condomínio parecia uma eternidade.

— Todo o trajeto da viagem foi mais curto que essa demora para entrar no apartamento — comentava a Gabi.

Após as devidas manobras, estavam todos na garagem, em busca de um carrinho para transportar toda aquela mudança à paulista. Ainda bem que as boias, pranchas, cadeiras, guarda-sóis, baldinhos, pazinhas, cestinhas, forminhas e muitos outros *inhos* e *inhas* já estavam lá. Se não, as forças do papai e da mamãe teriam se exaurido...

No meio daquele burburinho contagiante, papai perguntou:

— Cadê a chave do apartamento?

Silêncio total... A respiração de todos ficou ofegante. Até a Estrela permaneceu paradinha com um olhar desconfiado. A procura desse tesouro iniciou-se.

Como num livro *Cadê Wally*, tudo foi vasculhado, minuciosamente e a danadinha da chave estava bem escondidinha na bolsa da mamãe, dentro de um porta-óculos.

— Está aqui, papai!

Passados esses momentos quase indescritíveis, tudo voltou ao normal...

A alegria, o corre-corre das crianças, o latido da cachorrinha, a pressa em colocar tudo no apartamento, a fome ali presente e a sede de ver o mar...

E aí...

A nova maratona estava apenas começando...

ALL PRINT
EDITORA
www.allprinteditora.com.br
info@allprinteditora.com.br
Fone: (11) 2478-3413